A CASA À BEIRA DO ABISMO

WILLIAM HOPE HODGSON

A CASA À BEIRA DO ABISMO

Tradução
Úrsula Francine Massula

Principis

Esta é uma publicação Principis, selo exclusivo da Ciranda Cultural
© 2024 Ciranda Cultural Editora e Distribuidora Ltda.

Traduzido do original em inglês
The house on the borderlan

Texto
William Hope Hodgson

Editora
Michele de Souza Barbosa

Tradução
Úrsula Francine Massula

Revisão
Catrina do Carmo

Produção editorial
Ciranda Cultural

Diagramação
Linea Editora

Design de capa
Ana Dobón

Imagens
Vuk Kostic/shutterstock.com

Ilustrações
Vicente Mendonça

Dados Internacionais de Catalogação na Publicação (CIP) de acordo com ISBD

H691c   Hodgson, William Hope.

A casa à beira do abismo / William Hope Hodgson ; traduzido por Úrsula Massula. - Jandira, SP : Principis, 2024.
192 p.: 15,50cm x 22,60cm. - (Clássicos da literatura mundial).

Título original: The House on the Borderland
ISBN: 978-65-5097-061-1

1. Literatura inglesa. 2. Terror. 3. Ficção. 4. Literatura fantástica. 5. Sobrenatural. I. Massula, Úrsula. II. Título. III. Série.

CDD 823.91
CDU 821.111-3

2024-1353

Elaborado por Lucio Feitosa - CRB-8/8803

Índice para catálogo sistemático:
1. Literatura inglesa 823.91
2. Literatura inglesa 821.111-3

1ª edição em 2024
www.cirandacultural.com.br

Do manuscrito descoberto no ano de 1877 pelos senhores Tonnison e Berreggnog nas Ruínas ao Sul da aldeia de Kraighten, no Oeste da Irlanda. Publicado aqui, com Notas.

SUMÁRIO

Ao meu pai

(Cujos pés trilham os éons perdidos)
Abra a porta,
    E ouça!
Unicamente o rugido abafado do vento,
    E a cintilação
De lágrimas envolvendo a Lua.
    E, em fantasia, os passos
De pegadas desaparecidos…
    Noite afora com os Mortos.

Silêncio! Escute
    O grito doloroso
Do vento na escuridão.
    Silêncio e escute, sem murmúrios ou suspiros,
        As pegadas que trilham os éons perdidos:
    O som que os leva à morte.
Silêncio e escute! Silêncio e escute!
Passos dos Mortos

Introdução do autor ao manuscrito

Muitas foram as horas em que me debrucei sobre a história apresentada nas próximas páginas. Confio que meus instintos não estejam equivocados ao me levarem a manter este relato em toda a sua simplicidade, da mesma forma como ele chegou até mim.

Quanto ao próprio manuscrito... é de se imaginar como fiquei logo que ele foi deixado aos meus cuidados, virando-o de um lado para o outro, curioso, e examinando-o rápida e desajeitadamente. É um livro pequeno, mas grosso, e todo ele, exceto as últimas páginas, está repleto de uma caligrafia pitoresca, embora legível, e com letras bastante apertadas. Ainda posso sentir o cheiro esquisito, fraco, de água de fosso em minhas narinas enquanto escrevo, e meus dedos carregam memórias subconscientes da sensação suave e "pegajosa" daquelas páginas há tanto tempo úmidas.

Eu o li e, ao fazê-lo, levantei as Cortinas do Impossível que cegam a mente, mirando o desconhecido. Vagueei por entre sentenças densas e abruptas. Não me queixo disso, pois, melhor do que minha própria linguagem ambiciosa, esta história mutilada é capaz de retratar tudo o que o velho Recluso da casa desaparecida esforçara-se ao máximo para contar.

Sobre este relato simples, enrijecido, a respeito de acontecimentos estranhos e extraordinários, pouco direi. Está diante de vocês. A história oculta deve ser revelada, pessoalmente, por cada leitor, de acordo com sua aptidão e seu desejo. E mesmo que alguém não consiga vê-lo como agora o vejo – o retrato sombrio e a concepção daquilo a que se pode muito bem dar as denominações já aceitas de Céu e Inferno –, ainda assim, posso prometer certas emoções, mesmo meramente tomando a história como um conto.

WILLIAM HOPE HODGSON
17 de dezembro de 1907

A descoberta do manuscrito

Bem no Oeste da Irlanda, existe uma pequena aldeia chamada Kraighten. Situa-se, solitária, ao pé de uma baixa colina. Em torno dela, espalha-se uma vastidão de terra seca e inóspita, onde aqui e ali, bem afastadas, pode-se encontrar as ruínas de cabanas há muito desabitadas – já sem seus tetos e desnudadas. Toda a região é árida e despovoada, e a terra em si mal cobre as rochas abaixo dela, que existem em abundância no local, em pontos que se erguem do solo por espinhaços em forma de ondas.

Apesar da desolação do lugar, meu amigo Tonnison e eu escolhemos passar nossas férias por lá. Ele encontrara o local por acaso no ano anterior durante uma longa caminhada, e acabou por descobrir as possibilidades que um riacho sem nome que corre nas imediações da pequena aldeia poderia oferecer aos pescadores.

Eu disse que o rio não tem nome. Acrescento que nenhum mapa que consultei até o momento mostrou a aldeia, nem o riacho. Ambos parecem ter escapado completamente da observação: de fato, pode ser que jamais existiram, se considerarmos o que informam os guias mais comuns. Possivelmente, isso pode ser explicado em parte pelo fato de a estação ferroviária mais próxima (Ardrahan) estar a cerca de sessenta e cinco quilômetros de distância.

E foi no cair de uma noite cálida que meu amigo e eu chegamos a Kraighten. Havíamos desembarcado em Ardrahan na noite anterior e dormimos em quartos que alugamos no edifício dos Correios do vilarejo. Partimos na manhã seguinte, pendurando-nos inseguros em uma daquelas típicas carruagens de passeio.

Levamos o dia todo para fazer nossa jornada, percorrendo algumas das estradas mais difíceis que se possa imaginar, o que nos deixou exaustos e mal-humorados. Ainda assim, precisaríamos levantar o acampamento e organizar nossas coisas antes de podermos pensar em comida ou descanso. Então, começamos a trabalhar com a ajuda do cocheiro, e logo o acampamento estava de pé sobre um pequeno pedaço de terra bem às margens da pequena aldeia, próximo ao rio.

Tão logo guardamos todos os nossos pertences, dispensamos o cocheiro, pois ele precisava voltar o mais rápido possível, e combinamos que ele nos buscaria ao final de uma quinzena. Havíamos levado provisões suficientes para a estadia e poderíamos pegar água diretamente do riacho. Não precisávamos de combustível, já que tínhamos um pequeno fogareiro a óleo, e o clima estava ameno.

Foi de Tonnison a ideia de acamparmos, em vez de buscarmos alojamento em uma das cabanas. Como ele dissera, não seria brincadeira dormir em uma habitação com uma numerosa família de robustos irlandeses de um lado e um chiqueiro do outro, enquanto acima de nossas cabeças uma colônia de galinhas empoleiradas distribuía suas bênçãos sobre nós indiscriminadamente, em um ambiente tão repleto de fumaça de turfa que faria alguém se matar de espirrar só em colocar a cabeça para dentro da porta.

Tonnison acendeu o fogareiro e estava ocupado cortando fatias de bacon para fritar. Então, peguei a chaleira e desci até o rio para buscar água. No caminho, precisei passar perto de um pequeno grupo de moradores do vilarejo, que me olhou com curiosidade, mas não de um jeito hostil, embora nenhum deles tenha se aventurado a dizer uma palavra.

Ao voltar com minha chaleira cheia, fui até eles e, após um aceno amigável, que fora respondido da mesma maneira, perguntei casualmente sobre a pesca. Só que, em vez de me responderem, eles apenas balançaram a cabeça em silêncio e me encararam. Repeti a pergunta, dirigindo-me em particular a um sujeito alto e magro que estava próximo de mim. Mais uma vez, sem resposta. Esse homem se voltou para um camarada dele e disse algo rapidamente em um dialeto que eu não compreendia, então todos começaram a tagarelar em uma língua que, momentos depois, descobri ser puro irlandês. Ao mesmo tempo em que conversavam entre si, lançavam muitos olhares na minha direção. Ficaram dessa forma talvez por um minuto. Foi quando o homem a quem eu havia me dirigido me fitou e disse algo. Pela expressão no rosto dele, supus que me fazia uma pergunta, mas tive que balançar minha cabeça para indicar que eu não entendia o que queriam saber. E assim ficamos, olhando uns para os outros, até que ouvi Tonnison me chamando e dizendo para eu me apressar com a chaleira. Com um sorriso e um aceno, eu os deixei. Todos no pequeno grupo sorriram e acenaram de volta, ainda que suas feições denunciassem perplexidade.

Era evidente (foi o que refleti enquanto ia em direção ao acampamento) que os habitantes daquelas poucas cabanas no meio do nada não sabiam uma palavra sequer de inglês. Quando comentei isso com Tonnison, ele disse estar ciente do fato e, mais ainda, que aquilo não era nada incomum naquela região, onde as pessoas frequentemente viviam e morriam em seus povoados isolados, sem jamais entrarem em contato com o mundo exterior.

– Seria bom se o cocheiro tivesse nos ajudado a interpretar o que o pessoal daqui disse antes de ele partir – comentei, enquanto nos sentávamos para comermos. – Parece tão estranho que eles nem mesmo saibam o que viemos fazer.

Tonnison resmungou concordando e depois ficamos em silêncio por um tempo.

Mais tarde, tendo satisfeito um pouco nossos apetites, começamos a conversar, fazendo nossos planos para o dia seguinte; e, depois de fumarmos, fechamos as abas da barraca e nos preparamos para dormir.

– Aqueles sujeitos lá fora não pegarão nada nosso, não é? – perguntei, enquanto nos enrolávamos em nossos cobertores.

Tonnison disse achar que não, pelo menos enquanto estivéssemos por perto, e, conforme continuou a explicar, poderíamos trancar tudo, a não ser a própria tenda, no grande baú que trouxemos para guardar nossos mantimentos. Concordei, e logo nós dois estávamos dormindo.

Na manhã seguinte, bem cedo, levantamos e fomos dar um mergulho no riacho, depois nos vestimos e tomamos o café da manhã. Inspecionamos nosso equipamento de pesca, colocamos o resto de nossas coisas dentro da barraca e seguimos na direção que meu amigo explorara em sua visita anterior.

Durante o dia, pescamos animadamente, trabalhando com afinco rio acima, e no fim da tarde tínhamos um cesto repleto dos peixes mais bonitos que eu vira em muito tempo. Voltando ao vilarejo, nos alimentamos muito bem e, após escolhermos alguns dos melhores peixes para nosso café da manhã, oferecemos o restante ao grupo de aldeões que se reunia a uma distância respeitosa para observar o que fazíamos. Eles pareceram maravilhosamente gratos e nos encheram do que presumi serem bênçãos irlandesas sobre nossas cabeças.

E assim passamos vários dias, desfrutando de esplêndidos passatempos e de um grande apetite, para fazer justiça às nossas presas. Ficamos felizes em descobrir quão amigáveis os aldeões estavam inclinados a ser e que não havia evidências de terem se intrometido com nossos pertences enquanto estávamos ausentes.

Chegamos terça-feira a Kraighten, e foi no domingo seguinte que fizemos uma grande descoberta. Até então, sempre íamos rio acima; nesse dia, porém, deixamos de lado nossas varas e, após pegarmos algumas provisões, partimos para uma longa excursão na direção oposta. O dia estava quente e caminhávamos sem pressa. Paramos por volta do meio-dia para comermos, sobre uma grande rocha plana próxima à margem do rio. Depois, ficamos sentados por um tempo e fumamos, retomando nossa caminhada somente quando nos cansamos de ficar à toa.

Por mais uma hora, talvez, peregrinamos e conversamos tranquila e agradavelmente sobre assuntos diversos. Em várias ocasiões, paramos enquanto meu companheiro (que tem um quê de artista) fazia esboços de alguns lugares impressionantes em meio àquele cenário selvagem.

E assim, sem qualquer aviso, o rio que até então seguíamos com tanta confiança subitamente chegou ao fim, desaparecendo na terra.

– Santo Deus! – eu disse. – Quem imaginaria isso?

Observei aquela cena admirado e virei-me para Tonnison. Ele olhava sem expressão em direção ao local onde o rio desapareceu.

Um momento depois, ele falou.

– Vamos continuar um pouco, pode ser que reapareça. De qualquer forma, vale a pena investigar.

Concordei. Seguimos, mas sem rumo, pois não tínhamos certeza de que direção tomar para prosseguirmos com a nossa busca. Andamos por volta de um quilômetro e meio, e Tonnison, que contemplava atentamente tudo em volta, parou e protegeu os olhos com as mãos.

– Olha! – disse ele, um pouco depois. – Não é uma névoa ou algo assim, ali à direita daquela grande rocha? – e indicou onde com sua mão.

Mirei o local fixamente por um tempo e pensei ter visto algo, embora não tivesse certeza. Foi o que disse a Tonnison.

– Mesmo assim – respondeu meu amigo –, vamos atravessar e dar uma olhada.

Ele então começou a andar na direção que havia sugerido, comigo o seguindo. Passamos por uma mata e chegamos ao topo de um alto monte de pedras. Quando olhamos para baixo, vimos aquela região repleta de matagais e árvores.

– Parece que encontramos um oásis neste deserto de pedra – murmurou Tonnison, fitando o lugar com interesse. Ele então ficou em silêncio, com os olhos fixos; e eu olhei também, pois, vinda de algum lugar do centro de uma planície arborizada, em meio à quietude, erguia-se uma grande coluna de névoa, sobre a qual o sol incidia, criando inúmeros arcos-íris.

– É maravilhoso! – exclamei.

– É sim – respondeu Tonnison, pensativo. – Deve ter uma queda d'água ali, ou algo parecido. Talvez seja o nosso rio aparecendo novamente. Vamos lá ver.

Descemos a encosta e nos embrenhamos por entre as árvores e os arbustos. O matagal era um grande emaranhado, e as árvores se projetavam em cima de nós de uma forma ameaçadora, tornando o lugar desagradavelmente sombrio. No entanto, não era escuro o bastante para esconder de mim o fato de que muitas das árvores eram frutíferas e que, aqui e ali, era possível localizar vagamente sinais de uma plantação há muito extinta. Assim, me ocorreu que estávamos caminhando por entre a degradação de um grande e antigo jardim. Disse isso a Tonnison, e ele concordou que parecia haver mesmo motivos razoáveis para minha crença.

Que lugar selvagem aquele, tão carregado e melancólico! De alguma forma, à medida que avançávamos, uma percepção de silenciosa solidão e de abandono daquele velho jardim cresceu em mim. Senti um calafrio. Dava para imaginar coisas à espreita entre os arbustos emaranhados, e a própria atmosfera do lugar tinha algo de perturbador. Creio que Tonnison também pensou nisso, apesar de nada dizer.

De repente, paramos. Por entre as árvores, um som distante chegou em nossos ouvidos. Tonnison se inclinou para frente, prestando atenção. Consegui ouvir o ruído com mais clareza: era contínuo e irritante, como uma espécie de zumbido, parecendo vir de muito longe. Naquele momento, tive uma sensação estranha, indescritível, um certo nervosismo. Que tipo de lugar era aquele em que estávamos? Olhei em direção ao meu companheiro para ver o que ele achava daquilo tudo, e a única coisa que percebi foi um semblante confuso. Mas enquanto eu observava as feições de Tonnison, surgiu nele uma expressão de compreensão, e ele acenou com a cabeça.

– É uma cachoeira – exclamou ele, convicto. – Reconheço o som agora – e assim ele se foi, metendo-se vigorosamente através dos arbustos, na direção do ruído.

À medida que avançávamos, o som ficava cada vez mais nítido, indicando que estávamos indo na direção dele. Com regularidade, o rugido aumentava e se aproximava, até que pareceu, como observei para Tonnison, vir de debaixo dos nossos pés... ainda assim, continuávamos cercados por árvores e arbustos.

– Cuidado! – Tonnison gritou para mim. – Olhe onde pisa.

Foi então que, de repente, saímos do meio das árvores e chegamos a um grande espaço aberto onde, a menos de seis passos à nossa frente, escancarou-se a boca de um tremendo precipício, de cujas profundezas o barulho parecia emergir, além da contínua nuvem de *spray* que havíamos avistado do topo da margem distante.

Ficamos um minuto em silêncio, contemplando pasmados aquela vista. Meu amigo foi caminhando cautelosamente até a beira do abismo. Eu o segui, e nós dois olhamos para baixo. Um *spray* efervescente vinha de uma monstruosa catarata de água espumante que irrompia, jorrando, do lado do abismo, trinta metros abaixo de nós.

– Santo Deus! – disse Tonnison.

Permaneci em silêncio e bastante espantado. Aquela visão fora tão inesperadamente grandiosa e assustadora, embora esta última característica tenha se sobressaído para mim mais tarde.

Olhei para cima e para o outro lado do abismo. Lá, vi algo que se elevava no meio da névoa pulverizada: parecia um fragmento de uma grande ruína. Toquei Tonnison no ombro. Ele voltou-se para mim, de sobressalto, e eu apontei para a coisa. O olhar dele seguiu meu dedo, enquanto seus olhos se iluminaram com um súbito clarão de excitação ao avistar o objeto.

– Venha – ele gritou por cima do barulho. – Vamos dar uma olhada. Há algo de estranho neste lugar. Tenho um pressentimento.

E ele começou pela borda do abismo, que parecia uma cratera. Ao nos aproximarmos desse novo local, confirmei que não estava enganado em minha primeira impressão. Sem dúvidas, era parte de alguma construção em ruínas; no entanto, percebi naquela hora que ela não fora erguida sobre a borda do abismo em si, como eu havia suposto no início, mas sim empoleirada quase na extremidade de um enorme esporão rochoso que se projetava uns quinze a dezoito metros sobre o abismo. E foi quando percebemos que, na realidade, a massa entalhada de ruínas estava literalmente suspensa em pleno ar.

Chegando ao outro lado, caminhamos até o braço que se projetava da rocha, e confesso que fui tomado por uma sensação de pavor insuportável quando olhei para baixo, em direção às profundezas desconhecidas abaixo de nós, de onde se elevava aquela espécie de trovoada vinda da queda d'água e o manto ascendente de gotículas pulverizadas.

Ao alcançarmos a ruína, nós a contornamos com cautela e, no lado mais distante, encontramos um monte formado de pedras caídas e escombros. A ruína me pareceu, enquanto me pus a examiná-la minuciosamente, ser parte de uma parede externa de alguma estrutura prodigiosa. Era tão espessa e solidamente construída. No entanto, o que ela fazia ali em tal posição eu não conseguia de modo algum conjecturar. Onde estava o resto da casa, do castelo ou do que quer que tenha sido?

Voltei para o lado externo da parede e de lá para a borda do abismo, deixando Tonnison a vasculhar sistematicamente o amontoado do outro lado. Comecei então a verificar a superfície do solo, perto da borda do abismo, para ver se não havia outros restos da construção à qual o fragmento de ruína evidentemente pertencia. Embora eu tenha examinado a região com o maior cuidado, não vi sinais de que uma estrutura fora erguida no local, e fiquei mais intrigado do que nunca.

Ouvi um grito de Tonnison. Ele berrava pelo meu nome, agitado, e sem demora segui pelo promontório rochoso até a ruína. Primeiro pensei que ele poderia ter se machucado, mas logo deduzi que talvez ele tivesse encontrado algo.

Alcancei a parede desmoronada e dei a volta nela. Lá, encontrei Tonnison de pé dentro de uma pequena escavação que ele fizera entre os detritos: ele estava retirando a sujeira de algo que parecia ser um livro, muito amassado e em mau estado, e a cada segundo ou dois abria a boca para me gritar. Assim que ele me viu, entregou-me o prêmio dele e pediu para eu colocá-lo em minha mochila para protegê-lo da umidade, enquanto ele continuava suas explorações. Foi o que fiz, mas primeiro folheei as páginas e observei estarem repletas de uma caligrafia precisa, antiquada e legível, com exceção de uma parte em que muitas páginas estavam quase destruídas, com lama seca e enrugadas, como se o livro tivesse sido dobrado naquela parte. Tonnison me disse que assim o encontrara, e o dano se devia, provavelmente, ao desabamento da alvenaria sobre a parte aberta. Curiosamente, o livro estava bastante seco, o que atribuí ao fato de ter ficado bem enterrado entre as ruínas.

Depois de guardar o livro bem protegido, dei uma mão a Tonnison na sua autoimposta tarefa de escavar. No entanto, apesar de termos trabalhado arduamente por mais de uma hora, revirando todas as pedras e os entulhos, não encontramos nada mais do que alguns fragmentos de madeira quebrada, que poderiam ter sido partes de uma escrivaninha ou uma mesa. Então, desistimos de procurar e voltamos pelo rochedo até chegarmos mais uma vez em terra firme.

A próxima coisa que fizemos foi um tour completo naquele tremendo precipício, e pudemos observar que formava um círculo quase perfeito, exceto por onde se projetava o esporão rochoso, quebrando sua simetria.

O abismo, como observou Tonnison, lembrava um gigantesco poço ou fosso que penetrava nas entranhas da Terra.

Durante mais um tempo, continuamos a olhar ao redor e foi então que percebemos um espaço aberto ao Norte do abismo. Apressamos nossos passos naquela direção.

Por lá, já distantes da boca do imponente poço por algumas centenas de metros, avistamos um grande lago de águas silenciosas, a não ser por um lugar onde havia um contínuo borbulhar e gorgolejar.

Distantes do barulho da catarata esguichante, conseguimos ouvir um ao outro sem precisar berrar. Perguntei a Tonnison o que ele achava do lugar. Eu disse a ele que não gostava dali e que, quanto antes partíssemos, melhor.

Ele assentiu e olhou furtivamente para a floresta atrás de nós. Perguntei-lhe se ele tinha visto ou escutado alguma coisa. Ele não respondeu. Ficou em silêncio, como se estivesse ouvindo algo, e assim também permaneci. De repente, ele disse:

– Ouça!

Olhei para Tonnison e depois para as árvores e os arbustos, prendendo minha respiração involuntariamente. Durante um minuto, um angustiante silêncio pairou sobre nós. Mesmo assim, não consegui ouvir nada e me virei para Tonnison para dizer isso. E quando abri minha boca para falar, um estranho lamento veio da floresta, à nossa esquerda... parecendo deslizar por entre as árvores. Um murmúrio de folhas agitadas, depois o silêncio.

Então, Tonnison disse, enquanto colocava a mão em meu ombro:

– Vamos sair daqui.

E ele começou a se mover lentamente para onde as árvores e os arbustos pareciam menos espessos. Ao segui-lo, notei que o Sol estava baixo e que havia uma sensação de frio penetrante no ar.

Tonnison não falou mais nada e continuou a caminhar com firmeza. Estávamos entre as árvores, e eu olhei em volta, nervoso. Nada vi, exceto os galhos imóveis e o matagal emaranhado. Seguimos, e nenhum som quebrou o silêncio, a não ser um estalido ou outro de galhos quebrando sob nossos pés. Ainda assim, tive uma sensação horrível de que não estávamos sozinhos e me mantive tão perto de Tonnison o tempo todo que, por duas vezes, chutei seus calcanhares desajeitadamente, embora ele não tenha esboçado nenhuma reação. Um minuto se passou, depois outro, e chegamos aos confins da floresta, finalmente alcançando a rochosa nudez do campo. Só então consegui me livrar do pavor assombroso que havia me seguido entre as árvores.

Ao nos afastarmos, o som distante de lamentação pareceu voltar, e eu disse a mim que era o vento mesmo que não houvesse brisa nenhuma naquela tarde.

Nesse momento, Tonnison começou a falar.

– Olha – disse ele, determinado –, eu não passaria uma noite *naquele* lugar nem por toda a riqueza deste mundo. Há algo de profano lá de diabólico. Pensei nisso logo depois que você falou. A sensação era de que a floresta estava cheia de coisas ruins, não é?

– Sim – concordei, e olhei para trás em direção ao local, mas ele já estava escondido de nós por uma elevação do terreno. – Aqui está o livro – eu disse, enquanto colocava minha mão na mochila.

– Você o guardou bem? – questionou ele, com uma ansiedade repentina.

– Sim – respondi.

– Pode ser – Tonnison disse – que a gente descubra algo com o livro quando voltarmos ao acampamento. É melhor nos apressarmos também. Temos um longo caminho pela frente, e eu não gostaria de estar aqui quando anoitecer.

Chegamos duas horas depois e logo começamos a preparar o jantar, já que não havíamos comido nada desde a nossa refeição de meio-dia.

Após terminarmos, limpamos as coisas e acendemos nossos cachimbos. Então Tonnison me pediu para tirar o manuscrito da minha mochila. Foi o que fiz, mas, como não podíamos ler os dois ao mesmo tempo, ele sugeriu que eu fizesse a leitura em voz alta.

– E preste atenção – advertiu ele, conhecendo minhas propensões –, não vá pular metade do livro.

Contudo, se ele soubesse o que o volume continha, teria percebido o quão desnecessário tal conselho era, pelo menos aquela vez. E ali, sentado na entrada da nossa pequena tenda, comecei a ler o estranho conto *A casa à beira do abismo*. Segue, nas páginas seguintes, o relato.

A Planície do Silêncio

Sou um homem velho. Vivo aqui nesta casa antiga, rodeada de jardins enormes e malcuidados.

Os camponeses que habitam as redondezas dizem que sou louco. Isso é porque não me misturo a eles. Moro aqui sozinho com minha velha irmã, que também é minha governanta. Não temos criados, eu os odeio. Tenho um amigo, um cachorro. Sim, eu escolheria sem pestanejar o velho Pepper ao resto de toda a Criação. Ao menos, ele me entende e tem juízo suficiente para me deixar em paz quando estou de mau humor.

Decidi começar uma espécie de diário. Talvez ele me ajude a registrar alguns dos pensamentos e sentimentos que não posso expressar a ninguém, mas, mais do que isso, estou ansioso para fazer um compilado das coisas estranhas que ouvi e vi durante esses muitos anos de solidão nesta estranha e antiga casa.

Por uns dois séculos, este lugar teve uma reputação, uma má reputação, e, até o momento em que a comprei, havia mais de oitenta anos que ninguém morava aqui. Assim, eu a consegui por um preço ridiculamente baixo.

Não sou supersticioso, mas parei de negar que coisas estranhas acontecem nesta velha casa... coisas que não posso explicar. Portanto, preciso dar vazão à minha mente, escrevendo um relato sobre isso, da melhor forma que puder. Mesmo sabendo que, se este meu diário alguma vez for lido quando eu tiver partido, os leitores só balançarão a cabeça, convencidos de que eu estava louco.

Quão antiga é esta casa! Mais do que pela sua idade, mas sim pelo caráter singular de sua estrutura, que é curiosa e fantástica ao extremo. Há torres e pináculos pequenos e curvos, nos quais contornos sugestivos, como se fossem chamas saltitantes, predominam, enquanto o corpo do edifício tem a forma de um círculo.

Ouvi dizer que existe uma velha história, contada entre o povo desta região, segundo a qual o diabo construiu a casa. Se é verdade ou não, não sei e nem me importo, a não ser com que isso pode ter contribuído para barateá-la antes de eu me mudar para cá.

Acredito que uns dez anos tenham se passado antes que eu visse o bastante para justificar qualquer crença nas histórias sobre esta casa, tão comentadas nos arredores. É verdade que eu já havia presenciado, vagamente, em pelo menos uma dúzia de ocasiões, coisas que me intrigaram. Talvez, tenha mais sentido do que visto. Conforme os anos foram se passando, muitas vezes percebi algo invisível, mas inegavelmente presente, nos cômodos e corredores vazios. Ainda assim, demorou muito tempo para que eu presenciasse quaisquer manifestações reais do chamado sobrenatural.

Não era Dia das Bruxas. Se eu estivesse contando uma história apenas para entretenimento, provavelmente eu a situaria naquela noite entre todas as outras. Mas este é um registro real das minhas próprias experiências, e eu não colocaria a pena no papel para divertir ninguém. Não. Era madrugada, no vigésimo primeiro dia de janeiro. Eu estava sentado lendo, como é de meu costume, em meu escritório. Pepper estava deitado, dormindo, perto da minha cadeira.

De modo inesperado, as chamas dos dois candelabros diminuíram e depois brilharam em um tom esverdeado horripilante. Olhei para cima, rapidamente, e vi as luzes se tornarem opacas e avermelhadas. O lugar iluminava-se por um crepúsculo estranho, pesado e carmesim, que conferia às sombras atrás das cadeiras e mesas uma camada mais profunda de escuridão. Onde quer que um feixe de luz batesse, era como se um fluxo de sangue luminoso jorrasse pelo aposento.

No chão, ouvi um leve gemido, assustado, e algo se enroscou entre meus pés. Era Pepper, encolhendo-se de medo debaixo do meu roupão. Logo Pepper, geralmente tão corajoso como um leão!

Creio que foi essa atitude do meu cachorro que me causou a primeira pontada de medo *real*. Mesmo que eu tenha ficado bastante assustado quando as chamas das velas se tornaram verdes e vermelhas, tive a impressão inicial de que a mudança se devia a algum influxo de gás nocivo para dentro do cômodo. Depois, porém, tive certeza de que não era isso: as velas queimavam com uma chama constante e não davam sinais de que se apagariam, como teria sido o caso se a mudança se devesse a gases na atmosfera.

Fiquei petrificado. Senti-me muito assustado, mas não consegui pensar em nada melhor a fazer do que esperar. Durante um minuto, talvez, olhei em volta, nervoso. Então, notei que as luzes começaram a minguar, muito lentamente, até que se tornaram pequenos pontos de fogo vermelho, como rubis incandescentes na escuridão. Ainda assim, permaneci observando, enquanto uma espécie de indiferença etérea pareceu se apossar de mim, dissipando o medo que já começava a me dominar.

Mais distante, na extremidade do enorme e antiquado aposento, avistei um brilho tênue. Com constância, ele aumentou, preenchendo o lugar com uma cintilação esverdeada e bruxuleante, que rapidamente diminuiu e se transformou – mesmo quando as chamas das velas já tinham se apagado – em um tom carmesim profundo e sombrio, que se tornou mais vivo e iluminou a sala com uma onda de horrível magnitude.

A luz vinha da parede no final do cômodo e ficava cada vez mais ofuscante, até que sua luminosidade intolerável causou uma dor aguda em meus olhos, e, involuntariamente, eu os fechei. Pode ser que alguns segundos tenham se passado antes de eu conseguir reabri-los. A primeira coisa que notei foi que a luz havia diminuído muito, de tal forma que não incomodava mais meus olhos. E, ao diminuir ainda mais, percebi que, em vez de olhar para a vermelhidão, eu estava olhando através dela, e através da parede.

Gradualmente, à medida que me acostumei mais àquela imagem, constatei que estava olhando para uma vasta planície, iluminada pelo mesmo crepúsculo sombrio que impregnara a sala. A imensidão dessa planície dificilmente podia ser concebida. Não consegui visualizar seus confins em nenhuma direção para a qual olhava. Parecia se alargar de tal forma que os olhos não percebiam onde terminava. Lentamente, os detalhes mais próximos começaram a ficar nítidos. Então, bem rápido, a luz se apagou, e a visão – se é que era uma visão – enfraqueceu e desapareceu.

Subitamente, me dei conta de que não estava mais na cadeira. Na verdade, eu parecia estar pairando sobre ela e olhando para baixo, para algo indistinto, amontoado e silencioso. Logo depois, uma rajada fria me atingiu, e eu estava lá fora na noite, flutuando como uma bolha, em meio à escuridão. Enquanto me movia, uma friagem gélida parecia me envolver, e eu estremeci.

Após um tempo, olhei para a direita e para a esquerda e notei a insuportável escuridão da noite sendo perfurada por remotos raios de fogo. Continuei a subir. Em certo momento, olhei para trás e o que vi foi a Terra, uma pequena crescente de luz azulada, afastando-se à minha esquerda. Mais ao longe, o Sol, um salpico de chamas brancas, ardia vividamente contra a escuridão.

Um intervalo indefinido se passou. Então, pela última vez, vi a Terra: um globo de azul radiante, nadando em uma eternidade etérea. E ali estava eu, um frágil floco de poeira incorpórea, tremeluzindo silenciosamente através do vazio, afastando-me do azul distante em direção à vastidão do desconhecido.

Tive a impressão de que um longo período transcorreu e já não conseguia enxergar nada mais. Eu havia ultrapassado as estrelas fixas e mergulhado na imensa escuridão que espera além. Durante todo o tempo, experimentei poucas sensações, exceto por uma leveza e um gélido desconforto. Agora, entretanto, a escuridão atroz parecia penetrar na minha alma, e fui tomado pelo medo e pelo desespero. O que seria de mim? Aonde eu estava indo? No mesmo momento em que esses pensamentos se formavam, a escuridão impalpável que me envolvia foi ganhando uma leve tonalidade de sangue. Parecia extraordinariamente remota e nebulosa, mas, de repente, aquela sensação opressora foi aliviada, e deixei de me desesperar.

Lentamente, a vermelhidão distante tornou-se mais nítida e ampla, até que, ao me aproximar, ela se estendeu em uma grande, lúgubre e opaca luz. Continuei em frente e cheguei tão perto que ela se estendeu abaixo de mim, como um grande oceano de vermelho sombrio. Eu conseguia enxergar pouco, apenas que parecia se alastrar interminavelmente em todas as direções.

Um tempo depois, percebi que estava descendo até lá; e logo afundei em um grande mar de nuvens soturnas e rubras. Lentamente, emergi delas e, lá embaixo, avistei a estupenda planície que eu vira pelas janelas do meu aposento, nesta casa que fica às margens dos Silêncios.

E eu pousei, permanecendo rodeado por um grande deserto de solidão. O lugar estava iluminado por um crepúsculo melancólico que causava uma impressão de indescritível desolação.

Longe, à minha direita, no céu, flamejava um gigantesco anel de fogo vermelho-escuro, de cuja borda externa projetavam-se enormes chamas contorcidas, pontiagudas e denticuladas. O interior desse anel era escuro, escuro como a noite exterior. Imediatamente, compreendi que era desse Sol extraordinário que derivava aquela tétrica luz.

Por essa estranha fonte de luz, olhei novamente para o meu entorno. Para onde quer que eu voltasse meus olhos, não enxergava nada além da lassidão da interminável planície. Não consegui detectar quaisquer sinais de vida em nenhum lugar, nem mesmo as ruínas de alguma antiga habitação.

Gradualmente, me dei conta de que estava sendo levado para frente, flutuando sobre aquela plana imensidão. Pelo que me pareceu uma eternidade, segui na mesma direção. Não achei que senti muita impaciência, embora uma certa curiosidade e um enorme espanto me acompanhassem continuamente. A única coisa que eu via ao meu redor era a amplitude daquela gigantesca planície, e, por muitas vezes, procurei por algo novo para quebrar essa monotonia, mas nada mudava: tudo era apenas solidão, silêncio e deserto.

Naquele momento, semiconsciente, notei que havia uma névoa tênue, de tonalidade avermelhada, estendida sobre a superfície. Nem mesmo quando olhei mais atentamente consegui decifrar se era realmente uma névoa, pois ela parecia se misturar à planície, conferindo-lhe uma peculiar irrealidade e transmitindo aos meus sentidos uma ideia de insubstancialidade.

Pouco a pouco, comecei a me cansar daquela mesmice. Muito tempo se passou antes de eu perceber quaisquer sinais do lugar para onde eu estava sendo transportado.

No início, eu a vi bem à frente, como se fosse uma longa colina na superfície da planície. Depois, ao me aproximar, percebi que tinha me enganado. Em vez de uma baixa colina, agora consegui distinguir uma cadeia de grandes montanhas, cujos picos distantes se elevavam até a escuridão vermelha, até quase se perderem de vista.

A casa na arena

E assim, após um tempo, cheguei às montanhas. Então, o curso da minha viagem foi alterado, e comecei a me mover ao longo das bases delas até que, de repente, vi que estava de frente a uma grande fenda. Fui conduzido até ela, lentamente. Nas minhas laterais, erguiam-se paredes enormes e íngremes formadas por rochas róseas. Acima de mim, bem distante, percebi uma fina faixa avermelhada, onde a boca do abismo se abria entre picos inacessíveis. Seu interior era melancólico, profundo e sombrio, e um gélido silêncio tomava conta do lugar. Segui firmemente e, por fim, avistei um brilho vermelho profundo diante de mim, me mostrando que eu me aproximava da abertura do desfiladeiro.

Em um minuto, eu já estava na saída do abismo, olhando fixamente para um enorme anfiteatro de montanhas. Contudo, nem dei tanta atenção às montanhas e à terrível grandiosidade do lugar, pois me desconcertei enquanto contemplava, impressionado, a uma distância de vários quilômetros e ocupando o centro da arena, uma estupenda estrutura construída aparentemente de jade verde. No entanto, não foi a descoberta da edificação em si que me espantou tanto, mas sim o sinal cada vez mais evidente de que, exceto pela cor e pelo enorme tamanho, a solitária estrutura não diferia muito desta casa em que moro.

Por um tempo, meus olhos continuaram fixos. Ainda assim, eu mal podia acreditar no que estava vendo. Em minha cabeça, uma pergunta se repetia incessantemente: "O que isso significa?", "O que isso significa?", e eu não encontrei uma resposta, mesmo nas profundezas da minha imaginação. Eu só conseguia admirar e temer. Observei por mais tempo e, continuamente, passei a reparar em alguma nova semelhança que me atraía. Por fim, cansado e muito intrigado, eu me virei para ver o resto do estranho lugar em que havia me metido.

Até então, eu estava tão absorto em meu escrutínio da Casa que dera apenas uma olhada superficial em volta. Agora, começava a perceber em que tipo de lugar eu estava. A arena (foi assim que a chamei) parecia um círculo perfeito de cerca de dezesseis a dezenove quilômetros de diâmetro, cujo centro, como mencionei, era ocupado pela Casa. A superfície do lugar, assim como a da planície, tinha uma aparência peculiar, enevoada, mas sem névoas de fato.

Em uma breve inspeção, meus olhos passaram rapidamente pelas encostas das montanhas circundantes. Como eram silenciosas. Acredito que aquela quietude abominável era mais penosa para mim do que qualquer coisa que eu já vira ou imaginara. Olhei para o alto, para os grandes penhascos, tão imponentes. Lá em cima, a vermelhidão impalpável dava uma aparência borrada a todas as coisas.

Foi então que, enquanto eu espreitava, curioso, um novo terror me tomou de assalto, pois, entre os obscuros picos à minha direita, distingui uma imensa silhueta escura que crescia à minha vista. Tinha uma enorme cabeça de equino, com orelhas gigantescas, parecendo olhar fixamente para a arena. Havia algo naquela pose que me dava a impressão de um eterno estado de vigilância... era como se protegesse aquele lugar sombrio por incontáveis eternidades. Aos poucos, o monstro tornou-se mais nítido para mim. De repente, meu olhar saltou dele para uma criatura mais distante e mais alta entre os penhascos. Durante um longo minuto, observei, temeroso. Eu estava estranhamente consciente de alguma coisa que não me era totalmente desconhecida... como se despertasse algo no fundo da minha mente. A criatura era negra e tinha quatro braços grotescos. As feições se mostravam de uma maneira indistinta, e, em volta do pescoço, notei vários objetos claros. Os detalhes foram se tornando compreensíveis, e percebi, com um arrepio, que eram caveiras. Mais abaixo no corpo havia outra faixa, menos escura, sobre o tronco negro. E enquanto eu quebrava a cabeça tentando descobrir o que seria aquilo, uma memória se acendeu em minha mente, e logo soube que estava olhando para uma representação monstruosa de Kali, a deusa hindu da morte.

Outras lembranças dos meus velhos tempos de estudante penetraram em meus pensamentos. Meus olhos recaíram sobre a enorme Entidade de cabeça equina. Instantaneamente, eu a reconheci como o deus egípcio Set, ou Seth, o Destruidor de Almas. Com a descoberta, surgiu um grande questionamento: "São dois dos ". Parei, e me esforcei para raciocinar. Coisas além da imaginação espreitavam minha mente perplexa. Compreendi, confusamente. "Os antigos deuses da mitologia!". Tentei entender para o que tudo aquilo apontava. Meu olhar alternava, vacilante, entre os dois. "Se..."

Logo me ocorreu uma ideia, e eu me virei, olhando rapidamente para cima, procurando nos sombrios despenhadeiros à minha esquerda. Alguma coisa pairava sob um grande pico, uma figura cinzenta.

Perguntei-me como não a vira, mas depois me lembrei de que ainda não havia examinado aquele local. Consegui enxergá-la com mais nitidez. Era, como eu disse, cinza. Tinha uma tremenda cabeça, mas sem olhos. Essa parte de seu rosto era oca.

Comecei a perceber outros seres no alto, entre as montanhas. Mais ao longe, reclinada sobre uma elevação, avistei uma massa lívida, irregular e medonha. Parecia sem forma, exceto por uma cara ignóbil, meio animalesca, que olhava para frente de um jeito vil, de algum lugar em torno de seu meio. Foi então que vi outras caras, centenas delas. Davam impressão de emergir das sombras. Reconheci várias quase que imediatamente. Eram deidades mitológicas; já outras eram estranhas para mim, totalmente estranhas, iam além do que a capacidade humana poderia conceber.

Olhei por todos os lados e, quanto mais eu olhava, mais eu via. As montanhas estavam repletas de criaturas estranhas... deuses-bestas, e Horrores tão atrozes e abomináveis que não há possibilidade ou decência que me permitam maiores tentativas de descrevê-los. E eu tomado por uma avassaladora sensação de horror, medo e repugnância. Apesar de tudo isso, eu não deixava de me questionar: haveria, afinal, algo no antigo culto pagão, algo além da deificação de homens, animais e elementos? E esse pensamento me dominou... Haveria?

E uma pergunta insistia em repetir: o que seriam eles, aqueles deuses-bestas? E os outros? No início, me pareceram apenas Monstros esculpidos colocados ao acaso entre os picos e precipícios inacessíveis das montanhas ao redor. Mas agora, examinando-os com atenção, cheguei a novas conclusões. Havia algo neles, um tipo indescritível de tácita vitalidade que sugeria, para minha consciência em expansão, um estado de vida na morte... algo que não era de modo algum vida como a entendemos, mas sim uma forma inumana de existência, que poderia muito bem ser comparada a um transe imortal... uma condição na qual era possível imaginar sua continuidade, eternamente. "Imortal!". A palavra surgiu em meus pensamentos espontaneamente, e de imediato me perguntei se essa poderia ser a imortalidade dos deuses.

E então, em meio à minha reflexão, algo aconteceu. Até o momento, eu havia ficado apenas na sombra da saída da grande fenda, mas involuntariamente deixei a semiescuridão e comecei a me mover com lentidão pela arena em direção à Casa. Deixei então de pensar naquelas Formas prodigiosas acima de mim só conseguia olhar, assustado, para a impressionante estrutura para a qual eu estava sendo transportado de maneira inexorável. Mesmo procurando muito, não encontrei nada além do que já tivesse visto, e assim fui ficando gradualmente mais tranquilo.

Passei da metade do caminho entre a Casa e o desfiladeiro. Tudo em volta estava desolado. A solidão se espalhava pelo lugar, e o silêncio era imperturbável. Cheguei ao grande edifício. De repente, algo chamou a minha atenção, algo que espreitava de um dos enormes pilares da Casa, e então se tornou completamente visível. Era uma criatura gigantesca, que se movia de um modo curioso e ficava quase ereta, à maneira de um homem. Estava praticamente despida e tinha uma aparência luminosa notável. No entanto, foi a cara dela que mais me atraiu e assustou. Era a face de um porco.

Em silêncio e com atenção, observei aquela horrível criatura. Por um momento, até me esqueci do medo que sentia, pois estava interessado em seus movimentos. Ela caminhava pesadamente em volta do edifício, parando a cada janela para espreitar e sacudir as grades de proteção (assim como as que há nesta Casa). Sempre que chegava a uma porta, empurrava-a, tateando o trinco furtivamente. Era evidente que procurava uma forma de entrar.

Mesmo já estando a menos de quinhentos metros da grande estrutura, fui compelido a avançar. Abruptamente, a Coisa se virou e me encarou de uma forma hedionda. Abriu sua boca, e, pela primeira vez, a quietude daquele lugar abominável foi quebrada por uma nota estrondosa e profunda que aumentou minha apreensão. Na mesma hora, percebi que ela estava vindo na minha direção, rápida e silenciosamente. Em um instante, já havia percorrido metade da distância que nos separava. Ainda assim, fui conduzido impotente ao encontro dela. Apenas cem metros, e a ferocidade brutal daquela face gigantesca me paralisou com uma sensação de horror absoluto. Talvez eu tenha gritado, no alto do meu medo supremo; foi então que, naquela situação-limite e no auge do desespero, tomei consciência de que estava olhando a arena de cima para baixo, de uma altura que aumentava vertiginosamente. Eu subia, e subia. Em pouquíssimo tempo, atingi uma altitude de muitas centenas de metros. Abaixo de mim, o lugar que eu acabara de deixar já estava dominado por aquela imunda Criatura-porco. Ela estava de quatro, fungando e revirando a terra, como um verdadeiro suíno. Um momento depois, ela se levantou, com uma expressão de desejo que eu jamais vira.

E assim continuei a subir. Alguns minutos se passaram, pelo menos foi a impressão que tive, e eu já estava acima das grandes montanhas... flutuando, sozinho, em meio à vermelhidão. A minha visão da arena agora era indistinta, e a grandiosa Casa não parecia maior do que um pequeno ponto verde. A Criatura-porco não era mais visível.

Cruzei as montanhas, alcançando a imensa planície. Ao longe, em sua superfície, na direção do Sol de formato anular, havia um borrão confuso. Olhei para ele, indiferente. De certa forma, me fez lembrar do primeiro vislumbre que tive do anfiteatro de montanhas.

Com uma sensação de cansaço, mirei o alto, o imenso anel de fogo. Como era estranho! Enquanto olhava, jorrou do centro escuro uma súbita chama de um fogo extraordinário e vívido. Comparada ao tamanho do centro negro, não era nada. Ainda assim, estupenda em si mesma. Meu interesse fora desperto, e passei a observar, interessado, sua estranha ebulição e seu brilho. Subitamente, tudo ficou escuro e irreal, e então desapareceu do meu campo de visão. Espantado, olhei para a Planície abaixo, da qual ainda me distanciava. E foi aí que tive uma nova surpresa. A Planície… toda ela havia desaparecido, e apenas um mar de névoa vermelha se estendia muito abaixo de mim. Gradualmente, aquela visão foi se tornando remota, e então evaporou em uma misteriosa coloração avermelhada sobre a noite impenetrável. Logo depois, mesmo ela desaparecera, e me encontrei envolto em uma escuridão impalpável e absoluta.

A Terra

Assim eu me encontrava, e somente a lembrança que vivi nas trevas uma vez antes ajudou a sustentar meus pensamentos. Um grande tempo se passou eras. E então uma única estrela surgiu da escuridão. Foi o primeiro de um dos aglomerados periféricos deste universo. Ela ficou para trás, e ao meu redor brilhou o esplendor de incontáveis estrelas. Depois (anos depois, me pareceu), vi o Sol, um coágulo em chamas. Ao redor dele, visualizei vários pontos de luz remotos: eram os planetas do sistema solar. E foi quando avistei a Terra novamente, azul e incrivelmente minúscula. Ela foi crescendo, até se tornar nítida diante de meus olhos.

Mais um longo período transcorreu, e finalmente entrei na sombra do mundo. Mergulhei de cabeça na noite tênue e sagrada da Terra. Acima da minha cabeça, estavam as antigas constelações e a Lua crescente. Quando me aproximei da superfície terrestre, uma penumbra veio sobre mim, e senti como se afundasse em uma névoa negra.

Por um tempo, eu nada sabia. Estava inconsciente. Aos poucos, identifiquei um queixume tênue e distante, que depois se tornou mais claro. Um sentimento desesperador de agonia me possuiu. Lutei loucamente para respirar e tentei gritar. Logo depois, consegui respirar mais facilmente. Senti que algo estava lambendo minha mão. Algo úmido se espalhou pelo meu rosto. Ouvi um suspiro curto e ofegante, e novamente o gemido, que agora parecia chegar aos meus ouvidos com uma sensação de familiaridade, e então abri meus olhos. Tudo estava escuro, mas o sentimento de opressão me deixara. Eu estava sentado, e algo choramingava de uma maneira comovente, me lambendo. Senti-me estranhamente confuso e, por instinto, tentei afastar aquela coisa que me lambia. Minha cabeça estava curiosamente vazia, e naquele momento eu parecia incapaz de agir ou pensar. Então, recobrei minha consciência e chamei "Pepper" baixinho. Fui respondido por um latido animado e carícias renovadas e frenéticas.

Logo me senti mais forte e estendi minha mão para pegar fósforos. Tateei, por um momento, no escuro. Minhas mãos os alcançaram, e eu iluminei o lugar, olhando confusamente ao meu redor. Por todos os lados, vi coisas antigas, familiares. E ali permaneci, atordoado, até que a chama do fósforo queimou meu dedo, e eu o deixei cair, enquanto uma expressão de dor e raiva escapou de meus lábios, surpreendendo-me com o som da minha própria voz.

Pouco depois, risquei outro fósforo e, tropeçando pelo lugar, acendi as velas. Ao fazer isso, observei que elas não haviam queimado, mas sim que foram apagadas.

Quando as chamas iluminaram o lugar, virei-me e olhei fixamente para o escritório, mas tudo parecia normal, então fiquei irritado. O que havia acontecido? Segurei minha cabeça, tentando me lembrar. Ah! A grande e silenciosa Planície, e o Sol anelar de fogo vermelho.

Onde eles estavam? Onde eu os tinha visto? Há quanto tempo? Fiquei confuso. Andei de um lado a outro, vacilante. Minha memória parecia entorpecida, mas, com esforço, comecei a me lembrar do que testemunhara.

Tenho a lembrança de praguejar, com raiva, o meu atordoamento. De súbito, fiquei zonzo e precisei até me agarrar a uma mesa para me apoiar. Segurei-me ali por um tempo, fraco, mas depois consegui cambalear até alcançar uma cadeira. Senti-me um pouco melhor e consegui chegar ao armário onde, normalmente, guardo conhaque e biscoitos. Me servi um pouco do estimulante e o bebi. Apanhei alguns biscoitos, voltei para minha cadeira e comecei a devorá-los. Fiquei vagamente surpreso com minha fome. Era como se eu não tivesse comido nada por um tempo incalculável.

Enquanto comia, meu olhar percorria todo o cômodo, examinando seus vários detalhes, ainda em busca, embora quase inconscientemente, de algo tangível para me recorrer entre os mistérios invisíveis que me envolviam. "Com certeza", pensei, "deve haver algo ". No mesmo instante, meu olhar se deteve sobre o relógio no canto oposto. Parei de comer e apenas o fitava fixamente. Embora seu tique-taque indicasse que ele ainda funcionava, os ponteiros marcavam um pouco *antes* da meia-noite. Essa hora, até onde eu sabia, era bem *depois* do horário que eu testemunhara o primeiro dos estranhos eventos que acabei de descrever.

Por um momento, fiquei atônito e intrigado. Se a hora fosse a mesma da última vez em que vi o relógio, eu concluiria que os ponteiros ficaram presos, enquanto o mecanismo interno continuava funcionando, mas isso não explicaria, de maneira alguma, o fato de os ponteiros terem voltado. Então, enquanto eu remoía o assunto em meu cérebro fatigado, ocorreu-me que agora estava perto do amanhecer do dia vinte e dois e que eu estivera inconsciente para o mundo visível pela maior parte das últimas vinte e quatro horas. Esse pensamento ocupou minha atenção durante um minuto inteiro, então voltei a comer. Eu ainda sentia muita fome.

Durante o café, na manhã seguinte, perguntei casualmente à minha irmã a respeito da data, e descobri que minha suposição estava correta. Na verdade, eu ficara ausente (pelo menos em espírito) por quase um dia e uma noite.

Minha irmã não me fez perguntas, pois não seria a primeira vez em que me enfurnava em meu escritório por um dia inteiro, e às vezes até dois dias, quando estava particularmente absorto nos livros ou no trabalho.

E assim os dias passam, e ainda estou bastante curioso para saber o significado de tudo o que vi naquela noite memorável. No entanto, sei muito bem que minha curiosidade dificilmente será satisfeita.

A coisa no poço

Esta casa é, como eu disse, rodeada por uma imensa propriedade repleta de jardins selvagens, não cultivados.

Cerca de trezentos metros para trás, há uma escura e profunda ravina, chamada de "Poço" pelos camponeses. No fundo, corre um lento riacho, tão salpicado por árvores que mal pode ser visto do alto.

A propósito, devo explicar que esse rio tem uma origem subterrânea, emergindo subitamente na extremidade Leste da ravina e desaparecendo, de maneira abrupta, sob os penhascos que formam sua extremidade Oeste.

Após alguns meses de minha visão da grande Planície (se é que aquilo fora uma visão), minha atenção foi particularmente atraída para o Poço.

Estava eu um dia caminhando pela sua margem Sul, quando, de repente, vários pedaços de rocha e xisto se desprenderam da face do penhasco e caíram muito próximos de mim, com um estrondo tenebroso entre as árvores. Ouvi-os respingando no riacho, e depois reinou o silêncio. Eu não teria dado muita importância a esse incidente, não fosse por Pepper, que começou a latir de um jeito selvagem. Não ficou em silêncio nem quando o chamei, algo que ele não faria normalmente.

Senti que alguém ou algo estivesse no Poço, então voltei para casa, rapidamente, e peguei um bastão. Quando voltei, Pepper tinha parado de latir e estava rosnando e farejando, agitado, no topo do penhasco.

Assobiei para ele me seguir e comecei a descer com cautela. A profundidade até o fundo do Poço deve ser de cerca de quarenta e cinco metros, então levamos um bom tempo, assim como um cuidado considerável, até chegarmos ao fundo em segurança.

Uma vez lá embaixo, Pepper e eu começamos a explorar as margens do riacho. Estava muito escuro devido às copas das árvores, e eu me movi com cuidado, olhando ao redor e segurando meu bastão.

Pepper ficou quieto e permaneceu o tempo todo próximo de mim. Procuramos em um dos lados, sem nada ver ou ouvir. Então, atravessamos o rio saltando e começamos a voltar pelo matagal.

Já estávamos talvez na metade do caminho quando ouvi novamente as pedras caindo do outro lado, de onde tínhamos acabado de vir. Uma enorme rocha desceu com um grande estrondo pelas copas das árvores, atingiu a margem oposta e se lançou ao riacho, atirando um grande jato de água sobre nós. Nisso, Pepper soltou um rosnado profundo, depois parou e arrebitou suas orelhas. Também parei para ouvir.

Um segundo depois, um grunhido alto, meio humano, meio suíno, soou entre as árvores, aparentemente a meio caminho do penhasco Sul. Foi respondido por um som semelhante vindo do fundo do Poço. Pepper soltou um latido curto e agudo, saltou sobre o riacho e depois desapareceu nos arbustos.

Imediatamente, ouvi seus latidos aumentarem em intensidade e quantidade, e no meio disso tudo ouvi um confuso burburinho. Ele então cessou, e, em meio ao silêncio que se seguiu, irrompeu um grito semi-humano de agonia. Logo depois, Pepper soltou um longo uivo de dor. Os arbustos se agitaram violentamente, e ele veio correndo, com o rabo baixo e olhando para trás. Quando Pepper se aproximou de mim, vi que ele estava sangrando. Parecia ser uma uma ferida bastante grande de garra que quase deixara suas costelas nuas.

Ao ver meu cão daquele jeito, mutilado, fui tomado pela fúria e me embrenhei nos arbustos de onde Pepper havia saído. Enquanto abria passagem, pensei ter ouvido um som de respiração. Cheguei a uma pequena clareira a tempo de ver algo, de uma cor branca lívida, desaparecer entre os arbustos do lado oposto. Com um grito, corri em direção a ele, mas mesmo sondando o matagal e batendo nos galhos com meu bastão, nada mais vi ou ouvi, então voltei para Pepper. Após limpar a ferida dele no riacho, amarrei meu lenço molhado ao redor do seu corpo. Tendo feito isso, subimos a ravina e voltamos à luz do dia.

Ao chegar em casa, minha irmã perguntou o que acontecera com Pepper, e eu lhe disse que ele lutara com um gato-selvagem e que ouvi dizer que havia vários deles pelos arredores.

Achei que seria melhor não contar a ela como tudo tinha realmente acontecido, até porque, para ser honesto, nem eu sabia direito. Mas de uma coisa eu tinha certeza: aquela criatura que eu vira correr para os arbustos não era mesmo um gato-selvagem. Era muito grande e tinha, pelo que consegui observar, a pele como a de um porco, mas de uma cor branca pálida e adoentada. E então... ela correu de pé (ou quase, com suas patas traseiras), movimentando-se de uma forma parecida com a de um humano. Foi o que consegui notar em meu breve vislumbre e, para dizer a verdade, senti uma grande inquietação, além de curiosidade, ao repassar o assunto em minha mente.

O incidente ocorrera pela manhã.

Após o jantar, eu estava lendo quando, de repente, levantei meus olhos e vi algo espreitando na janela, apenas com os olhos e as orelhas à mostra.

– Um porco, minha nossa! – eu disse e me levantei. Então, pude ver aquela coisa mais nitidamente, mas não era um porco. Só Deus sabe o que era. Ela me lembrou, vagamente, a terrível Criatura que havia assombrado a grande arena. Tinha boca e mandíbula grotescamente humanas, mas sem um queixo. O nariz se prolongava como um focinho, e as orelhas e os olhos pequenos e esquisitos lhe conferiam uma aparência extraordinariamente parecida com a de um porco. De testa, tinha pouco, e toda a cara era de uma cor branca de aspecto doentio.

Por talvez um minuto, fiquei olhando para a coisa com uma sensação crescente de repugnância e um certo temor. A boca continuava murmurando algo, ilogicamente, e emitiu em determinado momento um grunhido parecido com o de um suíno. Acho que foram os olhos que mais me atraíram. Eles pareciam brilhar, às vezes, com uma inteligência terrivelmente humana e continuavam a cintilar, desviando-se de mim e observando os detalhes do aposento, como se meu olhar perturbasse a Criatura.

Parecia estar se apoiando com duas patas dianteiras em forma de garra sobre o peitoril da janela. Essas garras, ao contrário da face, eram de um tom marrom argiloso e se assemelhavam indistintamente com mãos humanas, pois tinham quatro dedos e um polegar, embora se unissem por uma membrana, assim como um pato. Também tinha unhas, mas tão longas e fortes que pareciam mais com as garras de uma águia do que com qualquer outra coisa.

Como disse, senti um certo medo, mas era de um caráter quase impessoal. Explicando melhor minha sensação: era mais como uma repulsa, algo que se espera sentir ao estar em contato com um ser sobrenaturalmente abominável, profano, pertencente a algum estado de existência até então inimaginável.

Não posso afirmar que eu tenha notado esses vários detalhes na besta exatamente naquela hora. Acho que se acenderam em minha mente depois, como se estivessem gravados no meu cérebro. De fato, imaginei mais do que vi quando olhei para a coisa, mas as características marcantes se tornaram claras para mim posteriormente.

Por talvez um minuto, olhei fixamente para a criatura; então, após meus nervos se acalmarem um pouco, me livrei do estado de alerta que me refreava e dei um passo em direção à janela. Assim que o fiz, a coisa se abaixou e desapareceu. Corri para a porta e olhei por todos os lados apressadamente, mas o que vi foram apenas arbustos remexidos.

Voltei para casa e, depois de pegar minha arma, saí novamente para examinar os jardins. Nesse momento, me perguntei se a entidade que acabara de ver seria a mesma da qual eu tivera um vislumbre pela manhã. Estava inclinado a pensar que sim.

Eu teria levado Pepper comigo, mas achei melhor deixá-lo quieto para curar seu ferimento. Além disso, se a criatura fosse, como eu imaginava, seu antagonista da manhã, provavelmente ele não seria de grande utilidade.

Comecei minha busca, sistematicamente. Estava determinado, se fosse possível, a encontrar aquela Criatura-porco e dar um fim nela. Esse, pelo menos, era um Horror material!

No início, procurei com cautela, tendo em mente o ferimento de Pepper. Mas como as horas passavam, e eu não via nenhum sinal de vida nos grandes e solitários jardins, fiquei menos apreensivo. Quase desejava vê-la. Qualquer coisa parecia melhor do que aquele silêncio, com a sensação sempre presente de que a criatura poderia estar espreitando em cada arbusto pelo qual eu passava. Fui ficando cada vez mais imprudente, ao ponto de me meter no matagal, sondando com o cano da minha arma enquanto ia em frente.

Gritei algumas vezes, mas somente os ecos responderam. Fiz isso na tentativa de assustar a criatura ou fazer com que ela se mostrasse, mas só consegui trazer minha irmã Mary para fora, querendo saber o que estava acontecendo. Eu disse a ela que vira o gato-selvagem que ferira Pepper e que estava tentando fazê-lo sair dos arbustos. Ela não pareceu ter se convencido muito com minha resposta e voltou para casa com uma expressão de dúvida. Eu me perguntava se ela tinha visto ou adivinhado alguma coisa. Pelo resto da tarde, prossegui com minhas buscas ansiosamente. Pensei que não conseguiria dormir com aquela coisa bestial assombrando os jardins. A noite caiu, e eu ainda não havia avistado nada. Então, ao voltar para casa, ouvi um barulho breve e ininteligível entre os arbustos à minha direita. Instantaneamente, eu me virei, apontei minha arma e disparei na direção do som. Na mesma hora, escutei algo que se afastou entre os arbustos, movendo-se rapidamente, mas em um minuto eu não ouvia mais nada. Dei alguns passos e então parei, percebendo o quão inútil aquilo seria na escuridão que tomava conta do lugar. E, assim, com uma curiosa sensação de desânimo, entrei em casa.

Naquela noite, depois de minha irmã ir para a cama, conferi todas as janelas e portas do andar térreo e cuidei para que estivessem trancadas. Era uma precaução pouco necessária no caso das janelas, pois todas do piso inferior têm fortes barras de proteção, mas com relação às portas (são cinco) foi uma medida prudente, pois não havia uma sequer trancada.

Após me assegurar disso, fui para meu escritório. Contudo, de alguma forma, o lugar me abalou bastante. Parecia tão enorme e repleto de ecos. Tentei ler durante um tempo, mas, ao chegar à conclusão de que isso seria impossível, levei meu livro para a cozinha, onde uma grande lareira estava acesa, e sentei-me ali.

Li durante algumas horas, quando, de repente, ouvi um som que me fez baixar o livro e escutá-lo atentamente. Era um barulho de algo roçando e remexendo a porta dos fundos. A porta então rangeu bem alto, como se a estivessem forçando. Naquele instante, experimentei uma indescritível sensação de terror, como jamais acreditei ser possível. Minhas mãos tremeram, um suor frio escorreu sobre mim, e senti um terrível calafrio.

Aos poucos, fui me acalmando. Os movimentos furtivos do lado de fora cessaram.

Durante uma hora, fiquei em silêncio e vigilante. De uma só vez, o medo tomou conta de mim novamente. Senti como imagino ser para um animal estar sob o olhar de uma serpente. Mas agora eu não conseguia ouvir nada. Mesmo assim, não havia dúvidas de que alguma influência inexplicável agia no lugar.

De maneira gradual, quase imperceptível, algo chegou em meus ouvidos, um som que se parecia com um tênue murmúrio. Rapidamente, ele cresceu e se transformou em um sufocado e horrendo coro de gritos bestiais. Pareciam se elevar das entranhas da Terra.

Ouvi um estrondo e percebi, um tanto indiferente, que eu havia deixado meu livro cair. Depois disso, apenas permaneci sentado, e assim a luz do dia me encontrou quando entrou pelas janelas altas e gradeadas da grande cozinha.

Com a luz do amanhecer, a sensação de estupor e medo me deixou, e voltei a estar mais no controle dos meus sentidos.

Então, peguei meu livro e fui até a porta para ouvir. Nenhum som quebrou o frio silêncio. Fiquei parado ali por alguns minutos, então, com muita calma e atenção, puxei o ferrolho e abri a porta.

Minha cautela foi desnecessária. Não havia nada ali, exceto a vista cinzenta de árvores e arbustos sombrios e emaranhados, estendendo-se para a plantação distante.

Com um calafrio, fechei a porta e segui, silenciosamente, até a cama.

As criaturas-porco

Anoitecia, uma semana depois. Minha irmã estava sentada no jardim, tricotando. Eu andava de um lado para o outro, lendo. Minha espingarda estava encostada na parede da casa, pois, desde a aparição daquela coisa estranha nos jardins, considerei prudente tomar precauções. No entanto, durante toda a semana, nada aconteceu que pudesse me alarmar, nem visões, nem sons. Assim, eu conseguia olhar para trás e me lembrar daquele incidente com mais serenidade, embora ainda com sensações de espanto e curiosidade não mitigadas.

Eu estava, como acabo de dizer, andando para cima e para baixo absorto em meu livro. De repente, ouvi um estrondo distante, na direção do Poço. Com um movimento rápido, virei-me e vi uma tremenda coluna de pó subindo alto no crepúsculo.

Minha irmã se levantou, com uma forte exclamação de surpresa e medo.

Disse-lhe para ficar onde ela estava, peguei minha arma e corri em direção ao Poço. Quando me aproximei, ouvi um ruído abafado e retumbante. Ele aumentou rapidamente, transformando-se em um rugido entrecortado por estrondos mais profundos. E mais uma nuvem de poeira se elevou do Poço.

O ruído cessou, embora a poeira ainda subisse tumultuosamente.

Cheguei à borda e olhei para baixo, mas não consegui ver nada, a não ser um turbilhão de nuvens de poeira. O ar estava repleto de pequenas partículas que me cegaram e sufocaram; por fim, tive que sair correndo de todo aquele tormento para respirar.

Gradualmente, as partículas suspensas assentaram e formaram uma panóplia sobre a boca do Poço.

Eu apenas podia fazer conjecturas.

Que houvera um deslizamento de terra de algum tipo, eu tinha poucas dúvidas, mas a causa estava além do meu conhecimento. Ainda assim, eu tinha uma intuição, pois na mesma hora me lembrei daquelas rochas caindo e daquela Coisa no fundo do Poço. Só que, nos primeiros minutos de confusão, não consegui chegar à conclusão natural para a qual a catástrofe apontava.

Lentamente, a poeira baixou, e então consegui me aproximar da borda e olhar para baixo.

Por um tempo, me esforcei em vão tentando entender alguma coisa em meio àquela atmosfera nauseante. De início, era impossível perceber o que quer que fosse. Depois, enquanto olhava fixamente, vi algo lá embaixo, à minha esquerda, que se movia. Olhei atentamente e avistei mais uma e, depois, outras três formas sombrias que pareciam estar subindo pela lateral do Poço. Eu só conseguia vê-las indistintamente. Enquanto assistia àquela cena e me perguntava o que estava acontecendo, ouvi mais barulhos de rochas caindo, em algum lugar à minha direita. Olhei para o outro lado, mas nada vi. Então, me inclinei e espreitei lá dentro do Poço, logo abaixo de onde eu estava. E o que vi foi nada menos que uma horrenda cara descorada suína, a apenas alguns metros dos meus pés. Abaixo dela, eu podia avistar várias outras. Quando a Criatura me viu, ela lançou um guincho repentino, bizarro, respondido de todas as partes do Poço. Tive um ataque de horror e, curvando-me, descarreguei minha arma bem na cara dela. Imediatamente, a criatura desapareceu, acompanhada de um barulho de terra ruindo e de pedras se soltando.

Houve um silêncio momentâneo, ao qual provavelmente devo minha vida, pois foi justamente durante ele que ouvi um rápido bater de muitos pés e, ao me virar bruscamente, vi uma tropa daquelas criaturas vindo em minha direção, aceleradas. Na mesma hora, levantei minha arma e disparei contra a primeira, que caiu de cabeça com um terrível uivo. Então me virei e comecei a correr. Já havia passado da metade do caminho para casa e avistei minha irmã, que vinha ao meu encontro. Eu não conseguia identificar bem o rosto dela, pois a noite já caíra, mas percebi o medo em sua voz enquanto ela me gritava, querendo saber por que eu estava atirando.

– Corra! – gritei em resposta. – Corra, por sua vida!

Sem hesitar, ela se virou e fugiu, levantando sua saia com as duas mãos. Enquanto eu a seguia, olhei para trás. As bestas corriam com as patas traseiras e às vezes se apoiavam nas quatro.

Continuamos, com minha irmã à frente.

Os sons dos passos que se aproximavam a cada momento me disseram que as bestas estavam quase me alcançando, rapidamente. Por sorte, estou acostumado a viver, de certa forma, uma vida ativa. Ainda assim, a tensão provocada por aquela correria começava a me afetar bastante.

Eu já conseguia visualizar a porta traseira. Felizmente, ela estava aberta. Eu estava a meia dúzia de metros atrás de Mary, mal conseguindo respirar. Então, algo tocou meu ombro. Virei rapidamente minha cabeça e vi uma daquelas faces monstruosas e pálidas perto da minha. Uma das criaturas, mais veloz que as outras, quase me pegou. Assim que me virei, ela tentou me agarrar. Com um esforço súbito, saltei para um lado e, girando minha arma pelo cano, golpeei a cabeça daquela criatura imunda. A Coisa caiu, com um gemido quase humano.

Mesmo esse curto atraso foi quase suficiente para que as outras bestas me alcançassem. Assim, sem perder um segundo, virei-me e corri para a porta.

Chegando lá, atirei-me adentro e tranquei rapidamente a porta, no mesmo instante em que a primeira das criaturas se chocou contra ela abruptamente.

Minha irmã se sentou, ofegante. Ela parecia estar a ponto de desmaiar, mas eu não tinha tempo de cuidar dela. Precisava me certificar de que todas as portas estivessem fechadas. Felizmente, elas estavam. A porta do meu escritório que dava para os jardins foi a última que verifiquei. Nesse momento, pensei ter ouvido um barulho lá fora. Fiquei em silêncio e escutei. Sim! Eu podia claramente ouvir um sussurro, e alguma coisa deslizava sobre os painéis, produzindo um som irritante, áspero. Era evidente que algumas das bestas estavam tentando encontrar, com suas mãos-garra, algum meio de entrar.

O fato de as criaturas terem encontrado a porta tão facilmente foi para mim uma prova de sua capacidade de raciocínio. Isso me convenceu de que elas não deveriam ser consideradas, de maneira alguma, meros animais. Tive essa sensação quando a primeira Coisa se esgueirou pela minha janela. Eu a chamei de super-humana, com um conhecimento quase instintivo de que a criatura era diferente de uma besta brutal. Além do humano. Não no bom sentido, mas como algo abominável e hostil a tudo o que há de *elevado* e *bondoso* na humanidade. Em resumo, inteligente, ainda assim inumano. Só de pensar naquelas criaturas, senti uma grande repulsa.

Lembrei-me de minha irmã e fui até o armário pegar um cantil com conhaque e uma taça de vinho. Depois, desci até a cozinha levando-os, carregando comigo uma vela acesa. Ela não estava sentada na cadeira, havia caído e estava com o rosto voltado para o chão.

Muito gentilmente, eu a virei e levantei um pouco a cabeça dela, derramando um pouco do conhaque entre seus lábios. Algum tempo se passou, e ela estremeceu levemente. Em seguida, suspirou várias vezes e abriu os olhos. De uma maneira pouco consciente e devaneadora, ela olhou para mim. Então seus olhos se fecharam, lentos, e eu lhe dei um pouco mais de conhaque. Por mais um minuto, talvez, ela ficou em silêncio, respirando rápido. De repente, seus olhos se abriram outra vez, e me pareceu que as pupilas dela se dilataram como se o medo retornasse com a consciência. Então, com um movimento tão inesperado que me fez até recuar, de sobressalto, ela se sentou. Percebendo que Mary estava atordoada, estendi minha mão para ampará-la. Nisso, ela soltou um grito estridente e, deslocando-se com dificuldade, saiu correndo.

Por um momento, fiquei ali ajoelhado e segurando o conhaque, completamente perplexo e espantado.

Será que ela estava com medo de mim? Claro que não! Por que estaria? Eu só pude concluir que os nervos de Mary estavam muito abalados e que ela estava temporariamente perturbada. Lá em cima, ouvi um bater de porta, alto, e compreendi que ela havia se refugiado em seu quarto. Coloquei o cantil em cima da mesa. Minha atenção foi desviada por um barulho na porta dos fundos. Eu me aproximei para ouvir melhor. A porta parecia balançar, como se algumas das criaturas lutassem com ela em silêncio; mas ela fora construída e instalada com solidez demais para ser facilmente movida.

Nos jardins, um ruído contínuo crescia. Para um ouvinte casual, esses sons poderiam muito bem se passar por grunhidos e guinchos de uma manada de porcos. Mas enquanto eu estava ali, veio-me à mente que havia significado para todos aqueles ruídos suínos. Pouco a pouco, consegui traçar semelhanças entre eles e a fala humana era uma fala viscosa, como se cada articulação fosse expressa com dificuldade. Ainda assim, eu estava me convencendo de que não se tratava de uma mera mistura de sons, mas de um rápido intercâmbio de ideias.

A essa hora, já estava bastante escuro nos corredores, e deles vinham os prantos e gemidos variados dos quais uma casa velha está tão repleta após o anoitecer. Sem dúvidas, isso acontece porque tudo fica mais silencioso à noite, além de termos mais tempo livre para ouvir. Pode também fazer sentido a teoria de que a súbita mudança de temperatura quando o Sol se põe afeta a estrutura da casa, causando de certa forma a contração e o assentamento, por assim dizer, durante a noite. Até pode ser, mas, naquela noite em particular, eu ficaria contente se pudesse ter sido dispensado de tantos ruídos sinistros. Parecia-me que cada rachadura e rangido era a chegada de uma dessas Coisas nos corredores escuros, mesmo sabendo em meu íntimo que isso não seria possível, pois eu mesmo observara que todas as portas estavam seguras.

Gradualmente, porém, esses ruídos foram me dando nos nervos a tal ponto que pareciam ser para punir minha covardia, então decidi que deveria fazer outra busca e, se alguma coisa estivesse lá, enfrentá--la. Então, fui até o meu escritório, pois sabia que dormir estava fora de questão com a casa rodeada de criaturas metade bestas, metade alguma outra coisa, mas inteiramente profanas.

Tirando a lamparina da cozinha do suporte, passei de porão em porão, e de aposento em aposento. Verifiquei a despensa e o depósito de carvão, os corredores e os cento e um pequenos becos sem saída e esconderijos que formam o porão da velha casa. Então, quando me certifiquei de que tinha passado por todos os cantos e buracos suficientemente grandes para esconder algum ser de qualquer tamanho que fosse, segui para as escadas.

Já estava com meu pé no primeiro degrau, mas parei. Tive a impressão de ter ouvido um movimento, aparentemente vindo da despensa, que fica à esquerda da escadaria. Esse havia sido um dos primeiros lugares em que procurei e, mesmo assim, senti que meus ouvidos não me enganaram. Meus nervos estavam tensos agora, e, com quase nenhuma hesitação, fui até a porta, segurando a lamparina acima da minha cabeça. Olhei de relance e vi que o lugar estava vazio, exceto pelas pesadas placas de pedra apoiadas em pilares de tijolos. Estava prestes a sair de lá, convencido de que me enganara, quando, ao me virar, a luz foi refletida por dois pontos brilhantes do lado de fora da janela, bem ao alto. Por alguns momentos, fiquei ali parado, observando fixamente. Então eles se moveram... girando lentamente e lançando cintilações alternadas em verde e vermelho; pelo menos, assim me pareceu. Percebi naquele momento que eram olhos.

Devagar, consegui traçar o contorno sombrio de uma das Criaturas. Parecia estar agarrada às barras da janela, e sua posição sugeria que fosse escalar. Aproximei-me da janela e segurei a lamparina mais no alto. Não havia razão para temer a criatura; as barras eram fortes e eram poucas as chances de que ela conseguisse arrancá-las. Foi então que, apesar de saber que a besta não conseguiria me alcançar e me machucar, aquela terrível sensação de medo que se apossara de mim uma semana antes voltou. Era a mesma sensação de desamparo, de estremecimento. Percebi, vagamente, que os olhos da criatura estavam olhando para os meus com um olhar fixo e envolvente. Tentei desviar, mas não consegui. Agora, parecia que a janela estava envolta em uma névoa. Pensei ter visto outros olhos vindo e espreitando, e mais outros, até que uma galáxia inteira de orbes malignos, observando fixamente, pareceu me subjugar.

Minha cabeça começou a girar e a latejar violentamente. Então, senti uma dor física aguda em minha mão esquerda. Ela se tornou mais severa e forçou, literalmente forçou, minha atenção. Fiz um tremendo esforço para olhar para baixo, e, com isso, o feitiço que me segurava se quebrou. Foi aí que percebi: em minha agitação, inconscientemente, agarrei o vidro quente da lamparina e queimei feio a minha mão. Olhei para a janela de novo. O ar nebuloso desaparecera, e então avistei dezenas de faces bestiais. Com um acesso repentino de raiva, ergui a lamparina e a arremessei em cheio na janela. Ela bateu no vidro (quebrando uma vidraça) e passou entre duas das barras, caindo no jardim e espalhando óleo em chamas. Ouvi vários gritos de dor e, quando minha visão se acostumou com o escuro, percebi que as criaturas tinham deixado a janela.

Controlando-me, tateei à procura da porta e, após encontrá-la, subi as escadas tropeçando a cada passo. Estava atordoado, como se tivesse recebido um golpe na cabeça. Ao mesmo tempo, minha mão ardia muito, e eu estava tomado por uma fúria cega contra aquelas Criaturas.

Chegando ao meu escritório, acendi as velas. À medida que queimavam, seus raios se refletiam na estante de armas na parede lateral. Lembrei-me de que tinha ali um poder que, como fora provado, parecia tão fatal para aqueles monstros quanto para os animais mais comuns. Assim, decidi que tomaria a ofensiva.

Primeiro de tudo, enfaixei minha mão, pois a dor estava ficando insuportável. Feito isso, a dor pareceu abrandar, então atravessei o cômodo em direção à estante de armas. Escolhi uma das pesadas, antiga e segura. Peguei munições e me encaminhei para uma das pequenas torres, das quais a casa é repleta.

De lá, no entanto, não conseguia ver nada. Os jardins pareciam um borrão de sombras... um pouco mais escuras, possivelmente onde as árvores estavam. Isso era tudo, e eu sabia que seria inútil atirar naquela escuridão. A única coisa a ser feita era esperar que a Lua subisse; então, talvez eu conseguisse fazer uma pequena execução.

Enquanto isso, fiquei quieto e mantive meus ouvidos bem atentos. Lá fora estava relativamente tranquilo agora, e apenas um grunhido ou um guincho ocasional vinha até mim. Eu não gostava daquele silêncio. Ele me fazia pensar que perversidades aquelas criaturas estavam aprontando. Por duas vezes, deixei a torre e caminhei pela casa, mas tudo estava em silêncio.

Ouvi um barulho vindo da direção do Poço, como se mais terra tivesse desabado. Depois disso, durante cerca de quinze minutos, houve um tumulto entre os ocupantes dos jardins, mas então tudo ficou novamente em silêncio.

Por volta de uma hora mais tarde, o luar se ergueu no horizonte distante. De onde eu estava sentado, eu o via sobre as árvores, mas foi apenas quando estava bem no alto é que enxerguei os detalhes nos jardins abaixo. Ainda assim, não consegui ver nenhuma das bestas, até que, ao me esticar, observei várias delas deitadas de bruços, encostadas na parede da casa. O que estavam fazendo, porém, eu não sabia. Mas era uma chance boa demais para ser desperdiçada. Apontei a arma e disparei contra a que estava logo abaixo de mim. Houve um grito estridente, e, quando a fumaça se dissipou, vi que ela tinha virado de costas e estava se contorcendo fracamente, e então ficou imóvel. As outras desapareceram.

Imediatamente depois, ouvi um guincho alto, vindo da direção do Poço. Foi respondido uma centena de vezes, de cada parte dos jardins. Isso me deu alguma noção de quantas criaturas existiam, e comecei a sentir que todo o caso estava se tornando ainda mais sério do que eu imaginara.

Enquanto eu estava sentado ali, silencioso e vigilante, um pensamento me ocorreu: por que tudo isso? O que eram essas Coisas? O que isso significava? Meus pensamentos voaram de volta àquela visão (embora, mesmo agora, eu duvide que tenha sido uma visão) da Planície do Silêncio. O que ela representava? Eu me perguntava… e aquela coisa na arena? Argh! Por fim, pensei na casa que eu vira naquele lugar distante. Ela era tão parecida com esta em cada detalhe da estrutura externa que poderia muito bem ter sido modelada a partir desta; ou esta a partir daquela. Eu nunca havia pensado nisso…

Nesse momento, veio outro longo guincho, do Poço, seguido imediatamente por um par de guinchos mais curtos. O jardim logo se encheu de gritos em resposta. Levantei-me na mesma hora e olhei por cima do parapeito. Ao luar, a impressão era de que os arbustos estavam vivos. Eles iam para cá e para lá, como se fossem sacudidos por um vento forte e irregular, enquanto um murmúrio contínuo e um barulho de pisadas rápidas aumentavam diante de mim. Várias vezes, vi o luar brilhar sobre aquelas figuras brancas que corriam entre os arbustos e, por duas vezes, disparei. Na segunda, meu tiro foi respondido por um breve guincho de dor.

Um minuto depois, os jardins ficaram em silêncio. Veio então do Poço uma profunda e rouca babel de comunicação suína. Por vezes, gritos de raiva cortavam o ar e eram respondidos por grunhidos multitudinários. Ocorreu-me que eles estavam realizando algum tipo de conselho, talvez para discutir o problema de como entrar na casa. Também tive a impressão de que eles pareciam muito enfurecidos, provavelmente pelos meus tiros certeiros.

Considerei que agora seria uma boa ocasião para fazer uma inspeção final das nossas defesas. Imediatamente, vistoriei todo o subsolo de novo e conferi cada uma das portas. Felizmente, todas elas são, como as dos fundos, construídas de carvalho maciço e reforçadas com uma estrutura de ferro. Em seguida, subi para o escritório. Eu estava mais preocupado com essa porta. É mais moderna do que as outras e, embora seja uma peça robusta, não tem a mesma solidez.

Aqui, devo explicar que há um pequeno gramado deste lado da casa para o qual a porta dá, e as janelas do escritório têm barras por esse motivo. Todas as outras entradas, exceto a do grande portão que nunca é aberto, estão no andar inferior.

O ataque

Passei algum tempo pensando em como poderia reforçar a porta do escritório. Finalmente, fui até a cozinha e, com certo trabalho, trouxe vários troncos pesados. Eu os encostei contra a porta, pregando-os em baixo e em cima. Durante meia hora, trabalhei duro e, por fim, fiquei satisfeito.

Então, sentindo-me mais tranquilo, peguei o casaco que eu havia colocado de lado e continuei a tratar de um ou dois assuntos antes de voltar à torre. Foi nesse momento que ouvi mexidas na porta e tentativas de girar o trinco. Continuei em silêncio e esperei. Não tardou para que eu ouvisse várias Criaturas lá fora. Grunhiam umas para as outras, suavemente. Depois, por um minuto, ficaram quietas. De repente, soou um grunhido rápido e baixo, e a porta rangeu sob uma tremenda pressão. Ela teria arrebentado, não fosse pelos suportes que eu colocara. A pressão cessou tão rapidamente quanto começou, e mais conversas se seguiram.

Uma das Criaturas soltou um grunhido baixo, e eu ouvi outras se aproximando. Elas confabularam brevemente; depois, de novo, o silêncio. Percebi que elas chamaram várias outras para ajudar e, sentindo que o momento supremo se aproximava, me preparei, com a minha arma em riste. Se a porta fosse arrombada, eu, pelo menos, mataria o maior número possível delas.

Novamente, veio aquele sinal em tom baixo, e, mais uma vez também, a porta rangeu sob uma enorme pressão. Por um minuto, talvez, seguiram empurrando; aguardei, nervoso, achando a cada momento que a porta iria para o chão. Mas não. As escoras suportaram, e a tentativa foi abortada. Em seguida, as criaturas tiveram mais daquela conversa horrível, por grunhidos, e, enquanto isso acontecia, consegui ouvir os sons dos que ali chegaram.

Após uma longa discussão, durante a qual a porta foi sacudida várias vezes, elas se calaram mais uma vez, e eu sabia que fariam uma terceira tentativa de arrombá-la. Eu estava quase entrando em desespero. Os suportes foram severamente postos à prova nos dois ataques anteriores, e eu tinha muito medo de que dessa vez eles não resistissem.

Naquele momento, como uma espécie de iluminação, um pensamento passou pela minha cabeça confusa. Imediatamente, pois não era hora de hesitar, saí de onde estava e subi as escadas. Dessa vez, não fui para uma das torres, mas sim para o próprio terraço. Chegando lá, caminhei em direção ao parapeito que o cerca e olhei para baixo. Ao fazer isso, escutei um sinal curto, um grunhido e, mesmo lá de cima, ouvi o ranger da porta sob ataque.

Não havia tempo a perder, então, inclinando-me, mirei rapidamente e disparei. O estampido foi estridente, e, quase misturado a ele, ouvi o estrondo alto da bala acertando seu alvo. Lá de baixo, um gemido penetrante; o ranger da porta cessou. Então, enquanto eu me levantava do parapeito, um enorme pedaço de pedra deslizou de baixo de mim e caiu com um estrondo entre a confusa multidão. Vários berros horríveis ressoaram pelo ar noturno, e então ouvi sons de passos apressados. Cautelosamente, olhei em volta. À luz da Lua, pude ver a grande cimalha, bem próxima ao umbral da porta. Pensei ter visto algo debaixo dela, várias coisas esbranquiçadas, mas não tinha certeza.

Alguns minutos assim se passaram.

Enquanto olhava fixamente, vi algo dando a volta, deixando a sombra da casa. Era uma das Criaturas. Ela escalou a pedra, silenciosamente, e se abaixou. Eu não conseguia enxergar o que ela fazia. Aquela coisa levantou-se bem rápido. Tinha algo em suas garras, que levou à boca e estraçalhou.

No momento, não me dei conta. Depois, lentamente, compreendi. A criatura inclinou-se novamente. Foi horrível. Comecei a carregar meu rifle. Quando voltei a olhar, o monstro estava movendo a pedra para o lado. Apoiei o rifle no muro e puxei o gatilho. A besta caiu de cara e deu um leve pontapé.

Quase ao mesmo tempo do estrondo, ouvi outro barulho: o de vidros se quebrando. Demorei apenas o tempo de recarregar minha arma para deixar o terraço e descer os dois primeiros lances da escada.

Parei para ouvir, e então veio outro tilintar de vidros se quebrando. Parecia ter vindo do andar de baixo. Agitado, desci os degraus e, guiado pela barulheira do caixilho da janela, cheguei à porta de um dos aposentos vazios, nos fundos da casa. Eu a empurrei. A luz presente era apenas a do luar, mas grande parte dela estava obstruída pelas figuras em movimento na janela. Bem naquele momento, uma delas tentou rastejar para dentro. Apontei minha arma e atirei em cheio, preenchendo o aposento com um estrondo ensurdecedor. Quando a fumaça se dissipou, vi que o lugar estava vazio e a janela livre. O ambiente ficou muito mais claro. O ar noturno soprou friamente através das vidraças estilhaçadas. Lá embaixo, na noite, eu podia ouvir um gemido suave e um murmúrio confuso de vozes suínas.

Fui até um dos lados da janela, recarreguei minha arma e fiquei ali, esperando. Nessa hora, ouvi um tumulto. De onde eu estava na sombra, eu conseguia ver sem ser visto.

Os ruídos se aproximaram, e então avistei algo subir no peitoril e agarrar-se na estrutura da janela quebrada. A coisa pegou em um pedaço da madeira. Ali, percebi serem uma mão e um braço. Logo depois, a face de uma das Criaturas-porco surgiu diante de meus olhos. Antes mesmo que eu pudesse usar meu rifle, ou fazer qualquer outra coisa, um som afiado... c... r... a... c , e a estrutura da janela cedeu com o peso da Criatura. No instante seguinte, um estrondo de esmagamento e um forte grito me disseram que ela caíra no chão. Com uma esperança feroz de que estivesse morta, me aproximei da janela. A Lua se escondera atrás de uma nuvem, de modo que eu não conseguia ver nada, embora um murmúrio constante, logo abaixo de onde eu estava, indicava que havia várias outras bestas por perto.

Enquanto estava ali, olhando para baixo, espantei-me por aquelas criaturas terem conseguido escalar tão alto, pois a parede é relativa-mente lisa, enquanto a distância até o solo deve ser de, pelo menos, vinte e cinco metros.

Subitamente, enquanto me curvava, espreitando, vi algo de modo indistinto que cortava a sombra acinzentada do lado da casa com uma linha negra. Ela passava pela janela, à esquerda, a uma distância de cerca de meio metro. Então me lembrei ser uma calha que havia sido colocada ali há alguns anos para transportar a água da chuva. Eu tinha me esquecido disso. Agora compreendia como as criaturas alcançaram a janela. Assim que pensei nisso, ouvi um leve ruído de algo deslizando, arranhando, e percebi que outra besta se aproximava.

Aguardei por um momento, depois me inclinei para fora da janela e apalpei a tubulação. Para minha satisfação, ela estava bastante frouxa, e consegui, usando o cano da espingarda como um pé de cabra, a alavancar para fora da parede. Fiz isso rapidamente. Então, segurando com as duas mãos, puxei-a violentamente e atirei-a para baixo, no jardim, com a Criatura ainda agarrada a ela.

Aguardei ali por mais alguns minutos, atento. No entanto, após a gritaria geral de início, nada ouvi. Agora sabia que não tinha mais razão para temer um ataque vindo daquela direção. Eu havia removido o único meio de alcançar a janela, e, como nenhuma das outras tinha tubulações adjacentes para induzir o poder de escalada dos monstros, comecei a ter mais esperanças de escapar de suas garras.

Saí dali e fui para o meu escritório. Estava ansioso para ver como a porta resistira ao último ataque. Ao entrar, acendi duas velas e depois me virei para a porta. Uma das grandes escoras fora deslocada, e naquele local a porta tinha sido forçada cerca de quinze centímetros para dentro.

Foi providencial eu ter conseguido afastar as bestas justamente naquela hora! E aquela pedra da cimalha! Eu tentava me lembrar, vagamente, de como ela se desprendera. Não havia notado que ela estava solta quando me apoiei para atirar e, quando me levantei, ela escapou de debaixo de mim... Senti que eu devia a debandada daquela força de ataque mais à oportuna queda da pedra do que à minha arma. Pensei que o melhor a fazer seria então aproveitar a oportunidade para fortificar a porta outra vez. Era evidente que as criaturas não voltaram desde a queda da pedra, mas por quanto tempo mais elas ficariam afastadas?

Sem demora, comecei o reparo, trabalhando duro e com ansiedade. Primeiro, desci até o porão e, procurando por ali, encontrei várias tábuas pesadas de carvalho. Voltei com elas para o escritório e, após remover as escoras, coloquei as tábuas contra a porta. Em seguida, preguei a parte de cima das escoras nelas e, encaixando-as bem até embaixo, preguei-as novamente lá.

E assim deixei a porta mais resistente do que nunca. Agora, ela estava firme com o apoio das tábuas e, como eu acreditava, suportaria uma pressão mais forte do que a feita até agora, sem ceder.

Acendi a lamparina que havia trazido da cozinha e desci para dar uma olhada nas janelas do andar de baixo.

Depois de ver um exemplo da força que as criaturas tinham, fiquei bastante receoso com relação às janelas de lá, mesmo elas estando tão fortemente barradas.

Fui primeiro à despensa e tive uma vívida lembrança da minha última aventura ali. O lugar estava gélido, e o vento, que soprava através da vidraça quebrada, produzia um som assustador. Fora a atmosfera sombria do lugar, ele estava como eu o tinha deixado na noite anterior. Subi até a janela e examinei as barras de perto. Conforme observei, sua solidez parecia bastante segura. Ainda assim, quando olhei com mais atenção, pareceu-me que a barra do meio estava ligeiramente dobrada. Mas isso não era nada demais, talvez estivesse assim há anos. Eu nunca tinha reparado nisso antes, na verdade.

Passei minha mão pela janela quebrada e sacudi a barra. Estava firme como uma rocha. Talvez as criaturas tivessem tentado arrancá-la e, percebendo que não conseguiriam, pararam de forçar. Depois disso, fui até cada uma das janelas, examinando-as cuidadosamente, mas em nenhum outro lugar notei qualquer coisa que sugerisse alguma alteração. Terminada minha varredura, voltei para o escritório e me servi um pouco de conhaque. Em seguida, retornei à torre para continuar minha vigilância.

Depois do ataque

Era cerca de três da manhã, e o céu oriental começava a desbotar com a alvorada. Gradualmente, o dia chegou, e, com a ajuda de sua luz, examinei os jardins atentamente; mas em nenhum lugar pude ver quaisquer sinais das bestas. Inclinei-me e olhei para a base do muro, para ver se o corpo da Criatura em que eu atirara na noite anterior ainda estava lá. Ela desaparecera. Supus que outros monstros a removeram durante a noite.

Desci até o terraço e fui em direção à fenda de onde havia caído a pedra. Sim, a pedra estava lá, como eu a vira pela última vez, mas sem sinal de que tinha algo embaixo delà. Também não avistei as criaturas que eu matara, depois de caírem. Evidentemente, elas também foram retiradas dali. Virei-me e fui para o meu escritório. Lá, eu me sentei, cansado. Sentia-me completamente exausto. Já clareava agora, embora os raios do Sol ainda não aquecessem. O relógio bateu quatro horas da manhã.

Acordei de sobressalto e olhei ao meu redor, apressadamente. O relógio no canto indicava que eram três. Da tarde. Devo ter dormido por quase onze horas.

Com um movimento brusco, sentei-me na cadeira e comecei a escutar. A casa estava em perfeito silêncio. Lentamente, levantei e me espreguicei, mas ainda me sentia desesperadamente cansado, então sentei de novo, me perguntando o que teria me despertado.

Concluí que devem ter sido as badaladas do relógio, e eu já voltava a adormecer quando um barulho repentino me trouxe de volta, mais uma vez, à vida. Era o som de passos como os de uma pessoa se movendo cautelosamente pelo corredor, em direção ao meu escritório. Em um instante, eu já estava de pé e agarrado ao meu rifle. Sem fazer barulho, esperei. Será que as criaturas entraram enquanto eu dormia? Assim que me fiz essa pergunta, os passos chegaram à minha porta, pararam por um momento e continuaram pelo corredor. Em silêncio, inclinei-me e espreitei do lado de fora. Senti uma sensação de alívio, como a de um criminoso ao receber indulto: era minha irmã. Ela seguia em direção às escadas.

Saí no corredor e estava prestes a chamá-la, quando me ocorreu que era muito estranho ela ter passado pela minha porta daquela maneira furtiva. Fiquei intrigado, e, por um breve momento, um pensamento ocupou minha mente, de que talvez não fosse ela, mas sim algum novo mistério da casa. Porém, quando tive um vislumbre de sua velha anágua, o pensamento passou tão rápido quanto chegou, e eu meio que ri. Não podia haver engano com aquela antiga vestimenta. No entanto, eu me perguntava o que ela estava fazendo. Foi então que me lembrei de sua condição mental no dia anterior e achei que talvez fosse melhor segui-la calmamente, tomando cuidado para não alarmá-la, e observar o que ela faria. Se ela se comportasse racionalmente, tudo bem; se não, eu precisaria tomar medidas para detê-la. Eu não poderia correr riscos desnecessários diante do perigo que nos ameaçava.

Rapidamente, cheguei ao topo da escada e me detive por um momento. Depois, ouvi um som que me fez descer feito um louco: era o barulho dos ferrolhos sendo destravados. Aquela minha irmã estúpida destrancava a porta dos fundos.

Quando sua mão já estava sobre o último ferrolho, eu a alcancei. Ela não tinha me visto e só se deu conta de minha presença quando agarrei o braço dela. Ela olhou rapidamente, como um animal assustado, e gritou muito alto.

– Não acredito, Mary! – eu disse, com firmeza. – Que loucura é esta que está fazendo? Vai me dizer que não tem noção do perigo, que tentará jogar nossas duas vidas fora desta maneira?

Ela nada respondeu; apenas tremia, violentamente, ofegava e soluçava como se sentisse o extremo do medo.

Durante alguns minutos, tentei dissuadi-la, chamando a atenção para a necessidade de termos cautela e pedindo-lhe que fosse corajosa. Havia pouco a temer agora, expliquei a ela... e tentei acreditar que o que eu falava era verdade... mas mesmo assim ela deveria ser sensata e não tentar sair de casa por alguns dias.

Por fim, parei, em desespero. Não adiantava falar com ela. Era óbvio que naquele momento Mary estava fora de si. Então, disse-lhe que seria melhor que fosse para seu quarto, já que não conseguia se comportar racionalmente.

Ela não prestou atenção. Assim, sem mais delongas, peguei-a nos braços e a levei para o quarto. No início, ela gritou desvairadamente, mas recaiu em um tremor silencioso bem no momento em que cheguei às escadas.

No quarto dela, eu a coloquei na cama. Ela ficou ali, deitada e razoavelmente calma, sem falar nem soluçar, apenas tremendo de medo. Peguei uma manta que estava em uma cadeira ao lado e a cobri. Não poderia fazer mais nada por ela, então fui para onde Pepper estava deitado, em um grande cesto. Minha irmã esteve tomando conta dele desde que ele se machucara, pois a ferida acabou por se mostrar mais grave do que eu pensava. Fiquei feliz em notar que, apesar de seu estado de espírito, Mary havia cuidado muito bem do velho cão. Agachei-me, falei com Pepper, e em resposta ele me lambeu a mão, fracamente. Ele estava muito doente para fazer mais.

Voltei para perto da cama e perguntei para minha irmã como ela se sentia, mas o tremor dela só fez aumentar. Por mais que me doesse, eu tinha que admitir que minha presença parecia deixá-la pior.

Assim, saí, trancando a porta e guardando a chave no meu bolso. Parecia a única coisa a ser feita.

Passei o resto do dia entre a torre e o meu escritório. Para comer, peguei um pedaço de pão na despensa e um pouco de clarete, e foi disso que me alimentei durante o dia inteiro.

Que dia longo e cansativo foi aquele. Se eu ao menos pudesse ir nos jardins, como é meu costume, eu já me daria por satisfeito, mas ficar preso nesta casa silenciosa, sem companhia, a não ser uma mulher louca e um cachorro doente, era o suficiente para atormentar os nervos da pessoa mais comedida. E lá fora, nos arbustos emaranhados que rodeavam a casa, aquelas Criaturas-porco infernais se escondiam, pelo que eu imaginava, esperando por uma chance. Algum homem jamais esteve em uma situação tão difícil?

Uma vez, durante a tarde, e mais uma vez depois, fui visitar minha irmã. Na segunda visita, eu a encontrei cuidando de Pepper; mas, quando me aproximei, ela foi discretamente para o canto mais distante, com um gesto que me entristeceu demais. Pobrezinha! O medo dela me atingiu com força, e eu não me intrometeria mais, desnecessariamente. Ela estaria melhor, eu confiava, em poucos dias; enquanto isso, eu não podia fazer nada; e julguei que ainda precisava, por mais difícil que fosse, mantê-la confinada em seu quarto. Uma coisa que me encorajou: ela comera um pouco da refeição que eu levara para ela em minha primeira visita.

E assim o dia passou.

À medida que entardecia, mais frio ficava, e eu comecei a me preparar para passar uma segunda noite na torre. Peguei duas espingardas adicionais e um pesado sobretudo. Carreguei as espingardas e as coloquei ao lado da minha outra, pois pretendia tornar as coisas difíceis para qualquer criatura que aparecesse durante a noite. Eu tinha muitas munições e pensei em dar uma lição às bestas, mostrando a elas a inutilidade de tentar forçar a entrada.

Depois disso, fiz mais uma ronda pela casa, prestando especial atenção aos suportes que reforçavam a porta do escritório. Sentindo que tinha feito tudo o que estava ao meu alcance para garantir nossa segurança, voltei à torre. Antes, porém, fui fazer uma visita final para minha irmã e Pepper, no caminho. Pepper estava dormindo, mas acordou quando entrei e abanou seu rabo ao me reconhecer. Achei que ele parecia um pouco melhor. Minha irmã estava deitada. Se dormia ou não, eu não saberia dizer, então os deixei.

Chegando à torre, eu me acomodei para passar a noite do jeito mais confortável que as circunstâncias permitiam. Gradualmente, a noite caiu, e logo os detalhes dos jardins fundiram-se às sombras. Durante as primeiras horas, fiquei alerta, prestando atenção em qualquer ruído que indicasse se alguma coisa se mexia lá embaixo. Estava escuro demais para que meus olhos fossem de alguma utilidade.

Lentamente, as horas passaram, sem que nada de anormal aconteceesse. E a Lua se elevou, iluminando os jardins, aparentemente vazios e silenciosos. E assim foi durante toda a noite, sem quaisquer perturbações ou ruídos.

Já quase amanhecia, e meu corpo começou a ficar retesado e com frio por conta de minha longa vigília; além disso, eu estava ficando muito ansioso pelo longo silêncio das criaturas. Desconfiava daquilo e preferia que tivessem atacado a casa abertamente. Assim, pelo menos, eu conheceria meu perigo e poderia enfrentá-lo melhor. Mas esperar durante uma noite inteira, imaginando todo tipo de coisas diabólicas e desconhecidas, só servia para comprometer a sanidade de qualquer um. Por uma ou duas vezes, veio à minha mente o pensamento de que, talvez, elas tivessem ido embora, mas no fundo eu sabia que aquilo era impossível.

Nos porões

Finalmente, sentindo cansaço e frio, além da inquietação que me possuía, resolvi dar uma volta pela casa. Primeiro, fui até o escritório tomar um copo de conhaque para me aquecer. Fiz isso e, enquanto estava lá, examinei a porta, cuidadosamente, mas tudo continuava como na noite anterior.

Já quase amanhecia quando saí da torre, mas ainda era muito escuro dentro de casa, então levei uma das velas em minha ronda. Após finalizar o andar térreo, a luz do dia já entrava pelas janelas gradeadas. Minha inspeção não revelou nada de novo. Tudo parecia em ordem, e eu estava prestes a apagar a vela quando me surgiu o pensamento de dar outra olhada nos porões. Se bem me lembro, eu não tinha voltado lá desde minha busca apressada na noite do ataque.

Hesitei, talvez, por meio minuto. De bom grado, eu renunciaria a essa tarefa, como acredito que qualquer outro o faria. De todos os grandes e imponentes aposentos desta casa, os porões são os maiores e mais misteriosos. Cavernas enormes e sombrias que não recebem nenhum raio de luz solar que seja. No entanto, eu não me esquivaria da missão. Senti que fazer isso seria um indício de pura covardia. Além do mais (e era isso o que eu reafirmava a mim mesmo), os porões eram de fato os lugares mais improváveis para encontrar algo perigoso, considerando que eles só podem ser acessados através de uma pesada porta de carvalho, cuja chave está sempre em meu poder.

É no menor desses espaços que guardo meu vinho: uma cavidade próxima ao pé da escadaria do porão; então, raramente vou além dali. De fato, exceto pelo esquadrinhamento feito no outro dia, o que já mencionei, duvido que eu tenha examinado os porões antes.

Após destrancar a grande porta, ainda no alto dos degraus, fiz uma pausa, nervoso, ao sentir o estranho, desolado odor, que me invadiu as narinas. Então, projetando o cano da minha arma para frente, adentrei lentamente a escuridão das regiões subterrâneas.

Chegando à base da escada, fiquei parado por um minuto, escutando. O local era silencioso, exceto por um gotejamento fraco que caía em algum lugar à minha esquerda. Enquanto estava ali, notei como a vela queimava vagarosamente, sem nem mesmo um movimento bruxuleante da chama, tamanha a falta de ventilação do lugar.

Calmamente, fui de porão em porão. Tinha apenas uma vaga memória do arranjo deles. As impressões deixadas por minha primeira busca eram confusas. Lembrava de uma sucessão de grandes porões, e de um maior que os outros, cujo teto era sustentado por pilares; fora isso, minhas lembranças eram turvas. O que predominava era uma sensação de frio, além da escuridão e das sombras. Agora, porém, era diferente. Embora nervoso, eu estava suficientemente tranquilo para poder olhar em volta e observar a estrutura e o tamanho das diferentes criptas em que entrava.

Naturalmente, com a luminosidade proporcionada por minha vela, não foi possível examinar cada lugar com minúcias, mas consegui notar, ao caminhar por lá, que as paredes pareciam ter sido construídas com precisão e acabamento excelentes, enquanto aqui e ali havia um pilar maciço para suportar o teto abobadado.

Assim, finalmente alcancei o grande porão do qual me recordava. Chega-se a ele por uma entrada enorme e arqueada, onde observei entalhes excêntricos, fantásticos, que formavam estranhas sombras sob a luz da minha vela. Enquanto eu estava ali, observando-as pensativamente, ocorreu-me como era estranho que eu conhecesse tão pouco a minha própria casa. Mas isso poderia ser facilmente explicado dadas as dimensões desta antiga habitação, e o fato de que apenas minha velha irmã e eu vivemos nela, ocupando somente alguns dos aposentos, conforme nossas necessidades.

Segurando a lamparina bem alto, entrei neste porão e, mantendo-me à direita, subi lentamente até chegar ao fim. Caminhei e observei com cautela enquanto ia andando. Até onde a luz alcançava, não vi nada de anormal.

Na parte de cima, virei para a esquerda, ainda me mantendo próximo à parede, e assim continuei até ter atravessado toda a vasta câmara. Enquanto me movia, notei que o piso era composto de rocha maciça, com alguns locais cobertos por um bolor úmido, outros sem, ou quase sem, por assim dizer, exceto por uma fina camada de pó cinza-claro.

Parei na entrada. Agora, porém, eu me virei e fui até o centro do recinto, passando por entre os pilares e olhando para a direita e para a esquerda enquanto isso. Mais ou menos na metade do caminho, chutei algo que emitiu um som metálico. Iluminei o local e vi que o objeto era uma grande argola de metal. Me abaixei, tirei a poeira que a envolvia e descobri que estava presa a um pesado alçapão, escurecido com o passar dos anos.

Sentindo-me entusiasmado e pensando aonde ele poderia levar, coloquei minha arma no chão e, enfiando a vela no guarda-mato da espingarda, segurei a argola com minhas duas mãos e puxei. O alçapão rangeu bem alto, e o som ecoou vagamente por todo aquele enorme espaço, abrindo-se pesadamente.

Segurando a extremidade com o meu joelho, peguei a vela e a levei na abertura, balançando-a para a direita e a esquerda, mas nada vi. Fiquei intrigado e surpreso. Não havia sinais de movimentação recente ali, nem de que alguma vez já tenha tido. Era apenas uma escuridão vazia. Eu poderia estar olhando para um Poço sem fundo e sem paredes. Enquanto eu fitava, cheio de perplexidade, pensei ter ouvido longe, lá embaixo, como se vindo de uma profundidade incalculável, um tênue sussurro. Inclinei minha cabeça rápido, mais para a abertura, e escutei com atenção. Talvez fosse minha imaginação, mas eu poderia jurar ter escutado um risinho abafado, que se transformou em uma risada horrorosa, fraca e distante. Assustado, pulei para trás, deixando a tampa cair com um tilintar oco, que encheu o lugar de ecos. Mesmo naquele momento, eu parecia ouvir aquele riso zombador, sugestivo; mas isso, eu pensava, devia ser fruto da minha imaginação. O som que ouvi era muito fraco para ultrapassar o pesado alçapão.

Por um minuto inteiro fiquei ali, tremendo, muito nervoso, para lá e para cá; mas o grande porão ficou silencioso como uma tumba, e, aos poucos, me livrei daquela sensação de terror. Com a cabeça mais fria, voltei a ficar curioso para onde aquele alçapão levava, mas não consegui invocar coragem suficiente para fazer uma investigação mais aprofundada. Um sentimento que tive, no entanto, foi de que eu deveria deixar o local seguro. Isso consegui fazer colocando sobre ele vários grandes pedaços de pedra que eu havia notado enquanto caminhava ao longo do muro Leste.

Então, após uma vistoria final do resto do lugar, fiz o caminho de volta até as escadas, e assim alcancei a luz do dia, com uma sensação infinita de alívio por aquela tarefa desagradável ter sido realizada.

O tempo de espera

O Sol agora estava quente e radiante, formando um contraste assombroso com os porões escuros e sombrios; e foi com uma relativa sensação de leveza que cheguei até a torre para observar os jardins. Lá, encontrei tudo calmo e, depois de alguns minutos, desci até o quarto de Mary.

Após ter batido na porta e recebido uma resposta, eu a destranquei. Minha irmã estava sentada na cama, em silêncio, como se esperasse. Ela parecia ter recobrado a lucidez e não fez nenhuma tentativa de se afastar quando me aproximei; ainda assim, observei que examinou meu rosto, como se estivesse em dúvida, não tão convencida de que não havia nada a temer de mim.

Às minhas perguntas sobre como se sentia, ela respondeu, com bastante sanidade, que estava com fome e que gostaria de descer para preparar o café da manhã, se eu não me importasse. Por um minuto, refleti se seria seguro deixá-la sair. Por fim, disse-lhe que poderia ir, com a condição de que ela prometesse não tentar sair de casa ou mexer nas portas externas. Ao mencionar as portas, um olhar repentino de susto cruzou o rosto dela, mas Mary nada disse, a não ser para prometer que obedeceria, e depois saiu do quarto, calmamente.

Atravessei o quarto e me aproximei de Pepper. Ele havia acordado quando entrei. No entanto, a não ser por um leve latido de satisfação e um leve abanar de rabo, ele ficou quieto. Enquanto eu o acariciava, ele tentou se levantar, e conseguiu, mas caiu de lado logo depois, com um pequeno uivo de dor.

Falei com ele e pedi para ficar quieto. Eu estava imensamente feliz com a melhora de Pepper, assim como com a natural bondade do coração de minha irmã ao cuidar tão bem dele, apesar de seu estado de nervos. Depois de um tempo, eu o deixei e desci para meu escritório.

Em pouco tempo, Mary apareceu carregando uma bandeja com um café da manhã fumegante. Quando ela entrou, notei que fixou seu olhar nas escoras que sustentavam a porta do escritório. Seus lábios se comprimiram, e achei que ela empalideceu um pouco, mas isso foi tudo. Ela colocou a bandeja do meu lado e já estava de saída, em silêncio, quando a chamei de volta. Ela veio, pelo que me pareceu, um pouco tímida, como se estivesse assustada; percebi que sua mão agarrou o avental, nervosa.

– Anime-se, Mary! – eu disse. – As coisas parecem melhores. Não vi nenhuma das criaturas desde ontem de manhã, bem cedo.

Ela olhou para mim de uma maneira curiosamente confusa, como se não compreendesse. Então, o entendimento lhe percorreu os olhos, e depois o medo, mas ela nada disse, além de emitir um murmúrio ininteligível de assentimento. Fiquei em silêncio. Era evidente que qualquer menção às Criaturas-porco era mais do que seus nervos abalados podiam suportar.

Terminado o café da manhã, subi para a torre. Ali, durante a maior parte do dia, mantive uma rigorosa vigilância dos jardins. Por uma ou duas vezes, desci para ver como minha irmã estava. Em todas elas, eu a achei quieta e surpreendentemente submissa. Na verdade, na última ocasião, ela até se aventurou a se dirigir a mim por conta própria, em relação a algum assunto doméstico que precisava de atenção. Embora isso fosse feito com uma timidez quase extraordinária, eu a saudei com alegria, pois era a primeira fala voluntária desde aquele momento crítico em que eu a peguei abrindo a porta dos fundos, prestes a sair entre aquelas bestas à espreita. Eu me perguntava se ela tinha consciência de sua tentativa e do quão perto ela estava de uma daquelas coisas, mas abstive-me de questioná-la, achei melhor deixá-la em paz.

Naquela noite, dormi em uma cama; a primeira vez em duas noites. Pela manhã, levantei-me cedo e dei uma volta pela casa. Tudo estava como deveria ser, e subi até a torre para dar uma olhada nos jardins. Mais uma vez, reinava uma perfeita quietude.

No café, quando me encontrei com Mary, fiquei muito contente de ver que ela recuperara o domínio de si e já me tratava como de costume. Ela falou com sensatez e tranquilidade, apenas não fez nenhuma menção aos últimos dias. Então relevei e não tentei levar a conversa para essa direção.

No início da manhã, fui ver Pepper. Ele estava melhorando rapidamente; e já conseguiria ficar de pé em mais um ou dois dias. Antes de deixar a mesa do café, comentei sobre a melhora dele. Na breve conversa que se seguiu, fiquei surpreso ao perceber, pelas observações feitas por minha irmã, que ela ainda pensava que a ferida fora provocada pelo gato-selvagem... aquele que eu inventara. Isso quase fez com que eu sentisse vergonha de mim mesmo por enganá-la. Aquela mentira só fora contada para evitar que ela se assustasse, mas pensei que ela acabaria sabendo da verdade quando aquelas bestas atacaram a casa.

Durante o dia, fiquei em alerta. Passei boa parte do meu tempo, como no dia anterior, na torre. No entanto, não avistei as Criaturas-porco, nem sequer ouvi um ruído. Por várias vezes, pensei que elas finalmente nos deixaram. Até então, eu me recusara a levar a ideia a sério; agora, porém, comecei a sentir que havia razão para ter esperança. Logo, faria três dias desde a última vez em que vi uma delas. Mesmo assim, eu pretendia ter o máximo de cautela. Aquele silêncio prolongado poderia ser uma artimanha para me atrair para fora da casa, caindo, talvez, diretamente nas garras delas. Esse pensamento, por si só, foi suficiente para fazer com que eu agisse com prudência.

Assim foi, e o quarto, quinto e sexto dias se passaram sem novidades, e sem que eu fizesse qualquer tentativa de sair de casa.

No sexto dia, tive o prazer de ver Pepper de pé outra vez; e, embora ainda muito fraco, ele conseguiu me fazer companhia durante todo aquele dia.

A busca nos jardins

Quão lentamente o tempo passava; e sem nada que indicasse que alguma besta ainda infestasse os jardins.

Foi no nono dia que, por fim, decidi correr o risco, se é que havia algum, e sair. Tendo isso em mente, carreguei uma das espingardas de caça, escolhendo-a com cuidado por ser, em curta distância, mais mortal do que um rifle. Após fazer uma varredura do terreno pela torre, chamei Pepper para ir comigo e desci.

Já em frente à porta, devo confessar que hesitei por um momento. Imaginar o que poderia estar me esperando entre os arbustos escuros de maneira alguma encorajava minha resolução. Mas isso foi apenas por um segundo, e logo eu já havia puxado o trinco e estava do lado de fora.

Pepper me seguiu, parando à porta para farejar, desconfiado. Seu focinho percorria as ombreiras da porta de cima a baixo, como se rastreasse um cheiro. De repente, ele se virou e começou a correr para lá e para cá, em semicírculos e círculos, ao redor da porta, por fim voltando à soleira. Ali, voltou a farejar.

Até então, eu tinha ficado parado, observando o cão, mas sem deixar de olhar de canto de olho o matagal que se estendia à minha volta. Fui para perto de Pepper e, curvando-me, examinei a superfície da porta, onde ele cheirava. Notei que a madeira estava coberta por uma rede de arranhões, que se entrecruzavam numa intricada confusão. Além disso, notei que as próprias ombreiras da porta estavam roídas em algumas partes. Fora isso, não consegui encontrar nada. Então, levantei-me e comecei a fazer a ronda em volta da casa.

Pepper, assim que me afastei, saiu da porta e começou a correr, ainda sondando e farejando à medida que avançava. Às vezes, parava para investigar algo. Aqui, um buraco de bala pelo caminho, ou, talvez, uma bucha com resquícios de pólvora. Ali, um tanto de grama dilacerada ou uma passagem repleta de erva daninha; contudo, exceto por tais bobagens, Pepper nada encontrou. Eu o observei com muita atenção ao longo do caminho e não consegui perceber nenhuma inquietação em seu comportamento que indicasse a proximidade de uma das criaturas. Assim, tive certeza de que os jardins estavam livres, pelo menos por enquanto, daquelas Criaturas odiosas. Pepper não podia ser facilmente enganado, e era um alívio sentir que ele saberia e me avisaria oportunamente, se houvesse algum perigo.

Chegando ao lugar onde eu tinha atirado naquela primeira criatura, parei e fiz um exame minucioso, mas não encontrei nada. De lá, fui até onde havia caído a enorme pedra. Ela estava de lado, aparentemente como fora deixada quando atirei na besta que tentava movê--la. A meio metro à direita da extremidade mais próxima da pedra, havia um grande buraco no chão, mostrando onde ela caíra. A outra extremidade ainda estava no buraco… metade dentro, metade fora.

Aproximando-me, olhei para a pedra, mais de perto. Que alvenaria enorme era! E aquela criatura a movera sozinha, tentando alcançar o que havia embaixo.

Dei a volta e fui até o outro lado da pedra. Ali, descobri que era possível observar debaixo dela, pois havia uma lacuna de quase meio metro. Ainda assim, não vi nenhum rastro das criaturas atingidas e fiquei bastante surpreso. Supus, como disse, que os restos mortais foram removidos. Mas não podia imaginar que isso tivesse sido feito tão minuciosamente a ponto de não deixar nenhum sinal sob a pedra. Vi várias bestas serem esmagadas com tamanha força que deveriam ter sido literalmente sepultadas terra abaixo. Agora, não havia nenhum vestígio delas, nem mesmo uma mancha de sangue.

Fiquei mais confuso do que nunca ao revirar aquele assunto em minha cabeça, mas não consegui pensar em nenhuma explicação plausível. Por fim, desisti, e julguei ser mais uma entre tantas coisas inexplicáveis.

Minha atenção então voltou-se para a porta do escritório. Pude ver com mais clareza os efeitos da tremenda tensão à qual fora submetida e fiquei espantado como, mesmo com os apoios, ela resistira tão bem aos ataques. Não havia marcas de golpes, nenhum havia sido desferido, mas a porta estava literalmente arrancada de suas dobradiças por conta da enorme e silenciosa força aplicada. Uma coisa que notei e me impressionou foi que a cabeça de uma das escoras havia incrustado no painel. Isso, por si só, era suficiente para mostrar a grande força que as criaturas fizeram para arrombar a porta e como, por pouco, quase conseguiram.

Continuei minha ronda pela casa, encontrando pouca coisa de interesse, exceto na parte de trás, onde achei o pedaço de tubulação que eu havia arrancado da parede caído no gramado embaixo da janela quebrada.

Então, voltei para casa e, após trancar novamente a porta dos fundos, subi para a torre. Por lá, passei a tarde, lendo e às vezes dando uma olhada nos jardins. Eu havia determinado, caso a noite fosse tranquila, ir até o Poço no dia seguinte. Assim, talvez conseguisse descobrir algo do que acontecera. O dia foi embora, a noite chegou, e tudo foi praticamente o mesmo das últimas noites.

Quando me levantei, o dia raiava, belo e claro. Decidi colocar meu plano em ação. Durante o café, ponderei sobre o assunto, cuidadosamente. Depois disso, fui ao escritório para pegar minha espingarda. Além disso, carreguei e guardei no meu bolso uma pequena, mas potente, pistola. Eu sabia muito bem que, se houvesse algum perigo, ele estava na direção do Poço, e eu pretendia estar preparado.

Saindo do escritório, desci até a porta dos fundos, seguido por Pepper. Uma vez lá fora, fiz uma rápida vistoria nos jardins e parti em direção ao Poço. Pelo caminho, mantive meus olhos atentos, segurando minha arma, preparado. Como Pepper corria na frente sem qualquer hesitação aparente, deduzi que não havia nenhum perigo iminente a temer, e apertei meu passo no rastro dele. Ele chegou ao topo do Poço e começou a farejar ao longo da borda.

Logo depois, eu já estava ao lado dele, olhando para o Poço. Por um momento, mal pude acreditar ser o mesmo lugar, tamanha era a mudança. Aquela ravina escura e arborizada de quinze dias atrás, com um riacho que se escondia debaixo da folhagem e corria preguiçosamente ao fundo, já não existia mais. Em vez disso, o que meus olhos contemplavam era um abismo parcialmente preenchido por um lago sombrio de águas turvas. Um dos lados da ravina foi despido da vegetação rasteira, deixando a rocha nua à mostra.

Um pouco para a minha esquerda, a lateral do Poço parecia ter desmoronado completamente, criando uma fenda profunda em forma de V na face do penhasco rochoso. Essa fissura ia da borda superior da ravina quase até a água e penetrava a lateral do Poço, a uma distância de cerca de doze metros. Sua abertura tinha, pelo menos, cinco metros de largura e, a partir daí, parecia afunilar para uns dois. Mas o que chamou a minha atenção mais do que a enorme fenda em si foi um grande buraco abaixo dela e bem no ângulo do V. Era claramente definido, lembrando muito uma porta arqueada. No entanto, em meio àquela sombra, eu não conseguia enxergá-lo com muita nitidez.

O lado oposto do Poço ainda conservava sua vegetação, mas ela estava tão danificada em certos pontos e coberta de poeira e detritos em todos, que dificilmente se distinguia como tal.

Minha primeira impressão, a de um deslizamento de terra, não era suficiente, como fui percebendo, para explicar todas as mudanças que testemunhei. E a água? Eu me virei de repente, pois me dei conta de que, em algum lugar à minha direita, havia um som de água corrente. Não conseguia ver nada, mas, agora que reparei nisso, percebi que vinha de algum lugar no extremo Leste do Poço.

Lentamente, fui seguindo nessa direção; o som ficava mais claro, até que, pouco tempo depois, eu me encontrava exatamente acima dele. Mesmo assim, não consegui perceber sua origem. Foi então que me ajoelhei e inclinei minha cabeça para dentro do penhasco. Nessa hora, o barulho veio até mim nitidamente, e vi, lá embaixo, uma torrente de água límpida brotando de uma pequena fissura na lateral do Poço e correndo pelas rochas, até o lago abaixo. Um pouco mais adiante no penhasco, vi outra e, além dessa, duas menores. Eram elas, então, que justificavam a quantidade de água no Poço; e, se o deslizamento de rochas e terra tivesse bloqueado a saída do riacho no fundo, havia poucas dúvidas de que elas é que contribuíam para o fluxo de água.

No entanto, fiquei confuso tentando entender a aparência *abalada* do lugar... aquele riacho, e aquela enorme fenda mais acima da ravina! Parecia-me que apenas um deslizamento de terra não provocaria tamanha destruição. Imaginei que um terremoto ou uma grande *explosão* poderia provocar aquelas condições, mas nada do tipo havia acontecido. Fiquei de pé rapidamente, lembrando-me do estrondo do outro dia, e da nuvem de poeira que se seguiu a ele, subindo alto no céu. Então, sacudi a cabeça, sem acreditar. Deve ter sido então o barulho das rochas e da terra que caíram que eu ouvira; é claro, a poeira subiria, naturalmente. Ainda assim, apesar do meu raciocínio, eu tinha uma sensação desconfortável, de que essa teoria não satisfazia o que eu considerava ser provável. Mas havia alguma outra que eu pudesse sugerir que tivesse metade da plausibilidade? Enquanto isso, Pepper estava deitado na grama. Quando subi para o lado Norte da ravina, ele se levantou e me seguiu.

Lentamente e mantendo uma vigilância cuidadosa em todas as direções, circundei o Poço, mas não encontrei muito mais do que já tinha visto. Do lado Oeste, pude avistar todas as quatro cascatas. Elas estavam a uma distância considerável da superfície do lago, cerca de uns quinze metros, pelo que calculei.

Fiquei perambulando por ali por mais um tempo, mas com meus olhos e ouvidos bem atentos. Ainda assim, não vi ou ouvi nada suspeito. No lugar, reinava um silêncio absoluto. De fato, exceto pelo murmúrio contínuo da água na parte de cima, nenhum som, de qualquer natureza, quebrou o silêncio.

Durante todo esse tempo, Pepper não tinha demonstrado quaisquer sinais de inquietação. Isso parecia indicar que, pelo menos por enquanto, não havia nenhuma das Criaturas-porco nas imediações. Até onde pude ver, sua atenção se voltava principalmente a cavar e farejar o gramado na beira do Poço. Vez ou outra, ele saía de lá e corria em direção à casa, como se seguisse rastros invisíveis, mas sempre voltava após alguns minutos. Eu tinha poucas dúvidas de que ele estava realmente seguindo os passos das Criaturas-porco, e o próprio fato de que eles pareciam levá-lo exatamente de volta ao Poço me pareceu uma prova de que todas as bestas retornaram para seu lugar de origem.

Ao meio-dia, fui para casa almoçar. Durante a tarde, fiz uma busca parcial nos jardins, acompanhado por Pepper, mas sem encontrar nada que indicasse a presença das criaturas.

Houve um momento em que, ao caminharmos pelos arbustos, Pepper correu para o meio de alguns deles, com um latido feroz. Dei um pulo para trás, com um susto repentino, e apontei minha arma, em prontidão... isso tudo apenas para rir nervosamente quando Pepper reapareceu, perseguindo um pobre gato. À noite, desisti da busca e voltei para casa. De repente, enquanto passávamos por um grande tufo de arbustos à nossa direita, Pepper desapareceu, e eu consegui ouvi-lo farejar e rosnar de uma maneira suspeita. Com o cano da minha arma, afastei o mato e olhei para dentro. Não havia nada para ser visto, exceto que muitos galhos estavam dobrados e quebrados, como se algum animal tivesse feito um covil ali há pouco tempo. Provavelmente, pensei, fora um dos lugares ocupados por algumas das Criaturas-porco na noite do ataque.

No dia seguinte, retomei minha busca nos jardins, mas sem resultados. Ao anoitecer, já havia percorrido todo o local, e agora, sem sombra de dúvidas, eu sabia que não havia mais nenhuma daquelas Coisas escondidas ali. Desde então, pensei muitas vezes que eu estava certo em minhas primeiras suposições, de que eles partiram logo após o ataque.

O Poço

Outra semana chegou e foi embora, durante a qual passei grande parte do meu tempo na boca do Poço. Alguns dias antes, eu havia chegado à conclusão de que o buraco arqueado, no ângulo da grande fenda, era de onde as Criaturas-porco saíram, de algum lugar profano nas entranhas do mundo. Quão perto isso estava da provável verdade, eu ficaria sabendo mais tarde.

É fácil compreender o motivo de eu estar tremendamente curioso, ainda que assustado, para saber a que espaço infernal aquele buraco levava, mesmo que, até aquele momento, a ideia de investigar isso não tivesse passado pela minha cabeça seriamente. Eu estava horrorizado demais com as Criaturas-porco para pensar em me aventurar, de bom grado, onde houvesse qualquer possibilidade de ter contato com elas.

Com o passar do tempo, porém, esse sentimento foi diminuindo. Assim, alguns dias depois, quando me ocorreu a ideia de descer e dar uma olhada no buraco, eu já não me opunha tanto a ela como poderia se imaginar. Ainda assim, não creio que eu realmente pretendesse me aventurar de maneira tão insensata. Por tudo o que presenciei, entrar naquela abertura de aparência sombria seria minha morte na certa. Mas tal é a obstinação da curiosidade humana que, por fim, meu maior desejo não era outro senão o de descobrir o que estava além daquela passagem.

Lentamente, conforme os dias transcorriam, meu medo das Criaturas-porco ficou no passado era mais uma memória desagradável, incrível, do que qualquer outra coisa.

Assim, chegou um dia em que, atirando meus pensamentos e minhas fantasias à deriva, peguei uma corda da casa e, após amarrá-la a uma robusta árvore no topo da fenda e a uma pequena distância da borda do Poço, deixei a outra ponta cair, até parar bem na boca do buraco negro.

Cautelosamente e com muitas dúvidas se aquilo que eu estava prestes a fazer não seria uma loucura, desci lentamente, usando a corda como suporte, até chegar à entrada. Ali, ainda agarrado à corda, parei para espreitar. Estava tudo escuro e nem um som veio até mim. No entanto, logo depois, pensei ter ouvido algo. Prendi minha respiração e escutei, mas o silêncio era sepulcral. Voltei a soltar o ar e, no mesmo instante, ouvi de novo. Era como o som de uma respiração trabalhada, profunda. Por um breve momento, fiquei petrificado. Mas então os sons cessaram novamente, e não consegui ouvir nada. Enquanto eu estava ali, ansioso, meu pé deslocou um pedregulho, que caiu na fenda, na escuridão, produzindo um tilintar cavernoso. Imediatamente, o barulho foi absorvido e repetido uma série de vezes. Cada eco ia se tornando mais fraco e parecia viajar para longe de mim, como se estivesse a uma distância remota. Quando o silêncio retornou ao lugar, ouvi aquela respiração encoberta. Para cada respiração minha, ouvia outra em resposta. Os sons pareciam se aproximar, e então ouvi vários outros, só que mais fracos e distantes. Não sei dizer por qual razão não agarrei a corda e saí daquela situação de perigo. Era como se eu tivesse ficado paralisado. Irrompi em um suor abundante e tentei umedecer meus lábios com a língua. Minha garganta secou de repente, e eu comecei a ter uma crise de tosse seca. Recebi de volta uma dúzia de horríveis, guturais, zombeteiros. Espreitei, impotente, a escuridão, mas nada apareceu. Tive uma sensação estranha, sufocante e tossi seco outra vez. O eco então cresceu e diminuiu, de um jeito grotesco, desfazendo-se lentamente em um silêncio abafado.

Subitamente, me veio uma ideia, e prendi a respiração. A outra respiração parou. Voltei a respirar e, mais uma vez, a outra recomeçou. Mas agora eu já não sentia mais medo. Percebi que os estranhos sons não eram produzidos por nenhuma Criatura-porco à espreita, mas simplesmente pelo eco das minhas próprias respirações.

Mas o meu medo anterior foi tão grande que fiquei aliviado em dar o fora daquela fenda e recolher minha corda. Estava abalado e nervoso demais para sequer pensar em entrar naquele buraco negro, então retornei à casa. Senti-me melhor na manhã seguinte, mas, mesmo assim, não consegui reunir coragem suficiente para explorar o lugar.

Durante todo esse tempo, a água do Poço subia lentamente e agora estava apenas um pouco abaixo da abertura. Pelo ritmo que subia, estaria nivelada com a superfície do terreno em menos de uma semana. Me dei conta então de que, a menos que eu fizesse minhas investigações em breve, provavelmente nunca o faria depois, pois o nível da água aumentaria até que a própria abertura fosse submersa.

Pode ter sido esse o pensamento que me despertou a agir, mas, o que quer que tenha sido, alguns dias depois estava eu parado no topo da fenda, totalmente equipado para a tarefa.

Dessa vez, estava decidido a derrotar a minha esquiva e seguir com o assunto. Com essa intenção, levei, além da corda, um fardo de velas para fazer as vezes de uma tocha, além da minha espingarda de canhão duplo. No meu coldre tinha um revólver pesado, carregado de chumbo grosso.

Como da outra vez, amarrei a corda à árvore. Então, tendo prendido minha arma nos ombros com um pedaço forte de corda, desci pela borda do Poço. Nesse movimento, Pepper, que estava de olho no que eu fazia, levantou-se e correu até mim, meio que latindo, meio que choramingando, o que me pareceu um alerta. Mas eu estava decidido e o mandei se deitar. Eu gostaria muito de tê-lo levado comigo, mas isso era quase impossível naquelas circunstâncias. Quando meu rosto já estava no nível da borda do Poço, ele me lambeu bem na boca e, agarrando minha manga entre seus dentes, começou a recuar, insistentemente. Estava muito claro que ele não queria que eu fosse. No entanto, uma vez tomada a decisão, eu não tinha intenção de desistir da tentativa. Então, com uma ordem severa para Pepper me soltar, continuei a descer, deixando o meu pobre amigo lá em cima, latindo e chorando como um filhote abandonado.

Cuidadosamente, fui descendo de lance em lance. Eu sabia que um deslize poderia me deixar encharcado.

Chegando à entrada, soltei a corda e desamarrei a arma dos meus ombros. Então, com um último olhar para o céu, que notei estar ficando rapidamente nublado, dei dois passos à frente para me proteger do vento e acender uma das velas. Colocando-a acima da minha cabeça e segurando minha arma com firmeza, comecei a avançar lentamente, olhando em todas as direções.

No início, pude ouvir os uivos melancólicos de Pepper descendo até mim. Gradualmente, à medida que eu penetrava na escuridão, o som foi se esvaindo até que, em pouco tempo, eu não escutava nada mais. O caminho tendia um pouco para baixo e para a esquerda. Assim continuou, até que percebi que ele estava me conduzindo exatamente na direção da casa.

Segui com muita cautela, parando a cada pouco para ouvir. Tinha andado, talvez, quase cem metros, quando, de repente, tive a impressão de ter captado um som fraco, vindo de algum lugar ao longo da passagem em minhas costas. Com o coração acelerado, escutei. O barulho ficava mais claro e parecia estar se aproximando com rapidez. Eu podia ouvi-lo nitidamente, agora. Eram pisadas suaves, apressadas. Nos primeiros momentos de pavor, fiquei ali imóvel, irresoluto, sem saber se devia ir para frente ou para trás. Então, com uma súbita percepção do melhor a fazer, me apoiei na parede rochosa à minha direita e, segurando a vela acima da cabeça, esperei com a arma em minha mão e praguejando minha insensata curiosidade por me meter em tal situação.

Não esperei mais do que alguns segundos antes que dois olhos refletissem, de volta da escuridão, o brilho de minha vela. Levantei a arma, usando apenas minha mão direita, e mirei rapidamente. Assim que fiz isso, algo saltou da escuridão, com um alegre latido que despertou os ecos, como um trovão. Era Pepper. Como ele havia descido naquele difícil terreno, eu não conseguia conceber. Quando passei a mão nele, nervosamente, notei que Pepper estava pingando, então concluí que ele devia ter tentado me seguir e caiu na água, de onde não teria muita dificuldade para sair.

Após esperar por um minuto, mais ou menos, até eu me firmar, prossegui pelo caminho, com Pepper me seguindo em silêncio. Fiquei muito contente em ter o meu velho amigo comigo. Ele me fazia companhia. Além disso, com ele por perto, eu tinha menos medo. Eu sabia quão rapidamente sua audição aguçada detectaria a presença de qualquer criatura indesejável, caso houvesse alguma, em meio à escuridão que nos envolvia.

Durante um tempo, caminhamos devagar. O trajeto ainda nos levava direto para a casa. Concluí que não demoraria muito para chegarmos exatamente embaixo dela, se o caminho prosseguisse. Continuei, com cuidado, por mais uns quarenta e cinco metros. Então, parei e mantive a luz alta, muito grato por tê-lo feito, pois, nem três passos à frente, o caminho simplesmente desapareceu. Em seu lugar, uma escuridão oca, que lançou um medo repentino sobre mim.

Muito cautelosamente, eu me arrastei para frente e olhei para baixo, mas nada vi. Então, fui para o lado esquerdo da passagem, pois queria ver se havia alguma continuação do trajeto. Ali, bem contra a parede, descobri uma trilha estreita, com cerca de um metro de largura, que levava adiante. Com muita atenção, pisei nela, e não demorou para eu me arrepender por ter me aventurado naquele lugar. Isso porque, depois de apenas alguns passos, o caminho, que já era estreito, virou um mero parapeito com, de um lado, a firme rocha que se elevava em uma grande parede até o teto invisível; do outro, aquele escancarado abismo. Não pude evitar pensar no quanto eu estava indefeso caso fosse atacado ali, sem espaço para voltar, e onde até mesmo o coice da minha arma seria suficiente para me lançar de cabeça nas profundezas.

Para meu grande alívio, um pouco adiante, a trilha de repente voltou a ter sua largura anterior. Gradualmente, à medida que avançava, percebi que o caminho seguia invariavelmente para a direita, mas, após alguns minutos, descobri que não estava avançando, mas sim somente contornando o enorme abismo. Era evidente que eu havia chegado ao fim da grande passagem.

Cinco minutos depois, eu simplesmente estava no lugar onde eu tinha começado, tendo dado a volta completa no que eu supunha agora ser um vasto Poço, cuja boca deveria ter pelo menos noventa metros de diâmetro.

Durante um tempo fiquei ali, perdido em pensamentos perplexos. "O que significava tudo aquilo?" foi a pergunta que ecoou várias vezes em minha mente.

Uma ideia repentina surgiu, e saí em busca de uma pedra. Encontrei uma do tamanho de um pão. Encaixei a vela em uma rachadura no solo, voltei à borda e lancei a pedra no abismo. Minha ideia era arremessá-la longe o suficiente para mantê-la afastada das paredes. Depois, inclinei-me e escutei. Embora eu tenha ficado completamente em silêncio por pelo menos um minuto, nenhum som vindo da escuridão chegou até mim.

Naquele momento, compreendi que a profundidade do buraco deveria ser imensa, pois, se a pedra tivesse atingido algo, ela era grande o bastante para despertar os ecos daquele estranho lugar, fazendo com que sussurrassem por um tempo indefinido. Mesmo assim, a caverna devolvia os sons das minhas pisadas, multiplamente. O lugar era impressionante, e eu teria de bom grado retornado os meus passos e deixado aqueles mistérios sem desvendá-los, mas isso seria admitir a derrota.

Pensei então em outra coisa para tentar ter uma visão do abismo. Ocorreu-me que, se eu colocasse minhas velas circundando a borda do buraco, eu talvez conseguisse enxergar lá dentro, ainda que pouco.

Ao contar minhas velas, vi que havia levado quinze delas. Como disse, minha intenção inicial era juntar todas e fazer uma tocha. Em vez disso, porém, eu as coloquei ao redor da boca do Poço, com um intervalo de cerca de vinte metros entre cada uma.

Após completar o círculo, fiquei de pé na passagem e fiz o máximo para, ao menos, ter uma noção de como o lugar era. No entanto, logo me dei conta de que as velas eram totalmente insuficientes para o meu propósito. Fizeram pouco mais do que deixar visível a escuridão. Contudo, algo que elas tornaram possível foi que eu confirmasse minha ideia sobre o tamanho da abertura. Mesmo que não tenham revelado nada do que eu quisesse ver, o contraste que faziam com a pesada escuridão estranhamente me agradou. Era como se quinze pequenas estrelas brilhassem na noite subterrânea.

Enquanto eu estava ali, Pepper soltou um uivo repentino, absorvido pelos ecos e replicado com variações sinistras, desvanecendo-se ao longe e lentamente. Com um movimento rápido, segurei no alto a única vela que eu havia guardado e olhei para meu cachorro. No mesmo instante, pensei ter ouvido um barulho, como um riso diabólico, erguendo-se das profundezas até então silenciosas do Poço. Isso me assustou, mas logo depois me lembrei de que era, provavelmente, o eco do uivo de Pepper.

Pepper tinha se afastado de mim, subindo a passagem. Ele farejava o solo rochoso, e eu pensei tê-lo ouvido lambendo algo. Fui na direção dele, segurando a vela abaixada. À medida que eu continuava, ouvi minha bota pisando em algo molhado, e a luz refletiu algo que brilhava e passava pelos meus pés rapidamente em direção ao Poço. Abaixei-me para olhar e deixei escapar uma expressão de surpresa. De algum ponto acima, uma corrente de água corria rapidamente na direção da grande abertura, e crescia a cada segundo.

Mais uma vez, Pepper uivou profundamente e, correndo até mim, agarrou meu casaco e tentou me arrastar para a saída. Com um gesto nervoso, eu o afastei e cruzei rapidamente para a parede da esquerda. Se algo estivesse vindo, pelo menos eu a teria às minhas costas.

Enquanto eu observava ansiosamente o caminho, minha vela flagrou um brilho, bem acima da passagem. Ao mesmo tempo, escutei um rugido murmurante, que foi crescendo e preenchendo toda a caverna com um som ensurdecedor. Do Poço, veio um eco profundo e oco, como o soluço de um gigante. Saltei para um lado, na estreita plataforma que circulava o abismo e, ao me virar, avistei uma grande parede de espuma atrás de mim que se precipitava tumultuosamente para o abismo à espera. Uma nuvem de água pulverizada irrompeu sobre mim, apagando minha vela e me deixando encharcado. Eu ainda segurava minha arma. As três velas mais próximas se apagaram, mas as mais distantes deram apenas uma leve piscada. Após a primeira torrente, o fluxo da água diminuiu para uma corrente regular, talvez com um pé de profundidade, embora eu não tenha conseguido ver isso de fato até alcançar uma das velas acesas e, com ela, começar a fazer o reconhecimento do lugar. Felizmente, Pepper me seguiu quando pulei do parapeito, e agora, subjugado, mantinha-se perto de mim.

Uma breve averiguação me mostrou que a água atravessou a passagem e corria a uma tremenda velocidade. E enquanto eu estava ali, a profundidade só aumentava. Só poderia ser uma coisa: evidentemente, a água na ravina invadira a passagem de alguma forma. Se fosse esse realmente o caso, o volume continuaria aumentando até ser impossível escapar dali. O pensamento era assustador. Estava claro que eu deveria sair o mais depressa possível.

Segurando minha arma pela coronha, sondei o nível da água. Estava um pouco abaixo da altura dos joelhos. O barulho que ela fazia ao mergulhar no Poço era ensurdecedor. Então, chamando Pepper, continuei caminhando pela correnteza usando a arma como um cajado. Instantaneamente, a água borbulhou acima dos meus joelhos, quase até cobrir-me as coxas, tamanha era a velocidade da correnteza. Por um breve momento, quase perdi o apoio. Mas pensar no que vinha atrás fez com que eu me empenhasse ao máximo e, passo a passo, fui avançando.

De Pepper, eu não sabia nada a princípio. Fiz tudo o que podia para me manter de pé e fiquei eufórico quando ele apareceu ao meu lado, nadando corajosamente. Ele é um cão grande, com pernas compridas e finas, e suponho que a água exerça menos resistência sobre elas do que sobre as minhas. De qualquer forma, ele se saiu muito melhor do que eu, tomando a frente, como um guia e, intencionalmente ou não, ajudando a quebrar a força da água de alguma forma. Seguimos, pouco a pouco, lutando e ofegando, por uns cem metros, sem contratempos. Então, talvez pois me descuidei, talvez pois houvesse um lugar escorregadio no solo rochoso, não sei dizer ao certo, mas, de repente, escorreguei e caí de cara. Instantaneamente, a água saltou sobre mim em uma catarata, lançando-me para baixo, em direção àquele buraco sem fundo, a uma velocidade assustadora. Lutei terrivelmente, mas era impossível ficar de pé. Eu estava desamparado, sem conseguir respirar direito e me afogando. De repente, algo me agarrou pelo casaco e me estabilizou. Era Pepper. Ao dar por minha falta, ele deve ter corrido de volta, em meio àquela turbulenta escuridão, para me encontrar. Ele me pegou e me segurou, até eu conseguir ficar de pé.

Tenho uma vaga lembrança de ter visto, momentaneamente, cintilações de várias luzes, mas nunca tive certeza do que era. Se minhas impressões estiverem corretas, devo ter sido levado à beira daquele horrível abismo antes de Pepper me resgatar. E as luzes, é claro, poderiam ter sido as chamas distantes das velas que eu deixara queimando. Contudo, como já disse, não estou certo disso. Meus olhos estavam cheios de água, e fiquei muito abalado.

E lá estava eu, sem minha valiosa espingarda, sem luz e tristemente confuso, com o nível da água aumentando, apenas com a ajuda do meu velho amigo Pepper para me ajudar a sair daquele lugar infernal.

Eu estava de frente para a torrente. Naturalmente, era a única maneira pela qual eu poderia ter sustentado minha posição, pois até mesmo o velho Pepper não conseguiria me segurar por muito tempo contra aquela tensão terrível, sem ajuda, por mais cega que fosse, da minha parte.

Talvez um minuto tenha se passado, e foi um momento crítico para mim; depois, gradualmente, retomei minha subida pela tortuosa passagem. E assim começou a minha mais cruel luta contra a morte, da qual esperava sair vitorioso. Lenta e furiosamente, quase sem esperanças, eu lutei; e aquele fiel Pepper me conduziu, me arrastou, avante, até que por fim avistei o resplendor de uma abençoada luz. Era a entrada. Apenas alguns metros adiante, e cheguei à abertura, com a água subindo e borbulhando avidamente em volta de mim.

E então entendi a causa da catástrofe. Estava chovendo muito, literalmente em torrentes. A superfície do lago estava nivelada com a parte mais baixa da entrada. Não! Mais do que nivelada, estava acima dela. Evidentemente, a chuva tinha enchido o lago e causado essa subida prematura, pois, no ritmo em que a ravina estava enchendo, a água não teria alcançado entrada por mais alguns dias.

Por sorte, a corda pela qual eu havia descido estava boiando na entrada, levada pela água. Ao agarrar a ponta, dei um nó seguro em volta do corpo de Pepper, então, reunindo minhas últimas forças, comecei a escalar pela lateral do penhasco. Cheguei à beira do Poço, no último grau do esgotamento. No entanto, tive que fazer mais um esforço para içar Pepper, tirando-o daquele perigo.

Lenta e exaustivamente, puxei com força a corda. Por uma ou duas vezes, pensei que eu não conseguiria, pois Pepper é um cão pesado, e eu estava completamente acabado. No entanto, isso teria significado a morte do meu velho companheiro, e o pensamento me estimulou a fazer tudo o que estava ao meu alcance. Só tenho uma memória muito vaga do fim. Lembro-me de puxar, e que o tempo parecia passar estranhamente. Tenho também alguma lembrança de ver o focinho de Pepper aparecendo sobre a borda do Poço, após um tempo enorme. De repente, tudo ficou escuro.

O alçapão no grande porão

Acho que desmaiei, pois a primeira coisa de que me lembro depois disso foi que abri os olhos e já anoitecia. Eu estava deitado de costas, com uma perna dobrada sobre a outra, e Pepper lambia minhas orelhas. Eu me sentia terrivelmente rígido, com uma perna dormente do joelho para baixo. Por alguns minutos, fiquei deitado assim, atordoado. Lentamente, fiz um esforço para conseguir me sentar, e olhei em volta.

A chuva cessara, mas as árvores ainda gotejavam, de um jeito lúgubre. Do Poço, vinha um murmúrio contínuo de água corrente. Eu sentia frio e tremia. Minhas roupas estavam encharcadas, e eu tinha dor por toda a parte. Muito lentamente, a vida voltou para minha perna adormecida, e tentei me levantar após um tempo. Consegui na segunda tentativa, mas estava muito tonto e fraco. Tinha a sensação de que ficaria doente, e dei um jeito de fazer meu caminho cambaleante de volta à casa. Meus passos eram erráticos e minha cabeça estava confusa. A cada passo que eu dava, dores agudas atravessavam meus membros.

Eu tinha dado uns trinta passos, talvez, quando um grito de Pepper chamou a minha atenção, e eu me virei, com o corpo ainda rígido, na direção dele. O velho cão tentava me seguir, mas não podia ir mais longe, pois a corda com a qual eu o erguera ainda estava amarrada no corpo dele, e a outra ponta não havia sido solta da árvore. Por um instante, tentei desajeitadamente desfazer os nós, sem forças, mas eles estavam molhados e difíceis de desatar. Foi então que me lembrei de minha faca, e, em um instante, a corda foi cortada.

Como cheguei em casa, eu mal me lembro, e, dos dias que se seguiram, lembro-me ainda menos. Mas de uma coisa tenho certeza: não fosse pelo amor e pelos cuidados incansáveis de minha irmã, eu não estaria aqui escrevendo neste momento.

Quando recuperei meus sentidos, descobri que estava acamado há quase duas semanas, e mais uma se passou até eu estar forte o suficiente para conseguir caminhar pelos jardins, ainda cambaleante. Mesmo assim, não conseguiria ir até o Poço. Gostaria de ter perguntado para minha irmã a altura que a água já atingira, mas achei mais sensato não mencionar o assunto. Na verdade, desde então, criei uma regra de nunca mais falar com ela sobre as coisas estranhas que acontecem nesta grande e velha casa.

Apenas alguns dias depois é que consegui ir até o Poço. Chegando lá, descobri que, durante minhas poucas semanas de ausência, uma incrível mudança acontecera. Em vez da ravina preenchida em três partes, o que vi foi um grande lago cuja superfície plácida refletia a luz, friamente. A água havia subido até pouco menos de dois metros da borda do Poço. Em apenas uma área é que as águas estavam agitadas, e era acima do lugar onde, bem embaixo das águas silenciosas, abria-se a entrada para o vasto Poço. Ali, existia um borbulhar contínuo, e, ocasionalmente, um tipo curioso de gorgulho emergia da profundidade. Fora isso, nada se sabia sobre os seres escondidos lá no fundo. Enquanto estava ali, me dei conta de como as coisas aconteceram maravilhosamente. A entrada para o lugar de onde saíram as Criaturas-porco fora selada de uma forma que senti não haver mais nada a temer vindo delas. Ainda assim, tive a impressão de que eu provavelmente não conheceria nada mais do lugar de onde vieram aquelas Coisas terríveis. Estava agora completamente isolado e oculto da curiosidade humana para sempre.

Era estranho – conhecendo aquele buraco infernal subterrâneo – quão pertinente foi nomeá-lo de Poço. Perguntei-me como se originou, e quando. Naturalmente, o que se conclui é que a forma e a profundidade da ravina sugerem o nome "Poço". Mas não é possível que ganhara esse nome, desde o início, por um significado mais profundo, uma alusão – ainda que apenas como uma suspeita – ao maior e mais estupendo Poço que se encontra oculto nas profundezas desta velha casa? Debaixo desta casa! Mesmo agora, essa ideia é estranha e terrível para mim. Pois provei, sem sombra de dúvida, que o Poço escancara-se logo abaixo da casa, que é evidentemente apoiada, em algum lugar acima do centro dela, por um tremendo teto arqueado, de uma rocha maciça.

Nesse momento, ocorreu-me a ideia de fazer uma visita à grande cripta onde se encontra o alçapão, e ver se tudo estava como eu havia deixado.

Chegando ao local, caminhei lentamente pelo centro até chegar ao alçapão. Lá estava ele, com as pedras empilhadas, tal qual eu o deixara pela última vez. Eu tinha uma lanterna comigo e pensei que seria um bom momento para investigar o que quer que estivesse debaixo daquele grande alçapão. Colocando a lanterna no chão, retirei as pedras e, agarrando a argola, puxei-a e o abri. Ao fazer isso, o porão foi tomado pelo som de um trovão murmuroso, vindo de uma grande profundidade. Ao mesmo tempo, um vento úmido soprou em meu rosto, com uma nuvem de gotículas vaporizadas. Nisso, deixei cair o alçapão, apressadamente, com uma sensação um pouco temorosa de maravilhamento.

Por um momento, fiquei intrigado. Eu não estava exatamente assustado. O medo assombroso das Criaturas-porco me abandonara há muito tempo. Mas eu estava certamente nervoso e atônito. Então, um pensamento repentino se apoderou de mim, e levantei aquela pesada tampa com uma sensação de excitação. Deixando-a totalmente aberta, apanhei a lanterna e, ajoelhado, levei-a para a abertura. Quando fiz isso, o assopro úmido e vaporizado atacou-me os olhos, tornando-me incapaz de enxergar por alguns instantes. Mesmo quando minha vista clareou, não consegui distinguir nada abaixo de mim, exceto a escuridão e o turbilhão de água vaporizada.

Percebendo que seria inútil tentar averiguar qualquer coisa com a luz tão alta, procurei nos bolsos por um pedaço de fio, com o qual pretendia levar a lanterna mais para o fundo da abertura. Enquanto eu tentava amarrá-la, a lanterna escapou dos meus dedos e foi lançada na escuridão. Por um breve instante, observei a queda e vi a luz brilhar sobre um tumulto de espuma branca, cerca de vinte e cinco a trinta metros abaixo de mim. E logo ela desapareceu. Minha suposição estava correta, e agora eu sabia a causa da umidade e do barulho. O grande porão se conectava ao Poço por meio do alçapão, que se abria exatamente acima dele, e a umidade vinha do vapor que se elevava das águas, ao se precipitarem nas profundezas do Poço.

Rapidamente, tive a explicação para certas coisas que até então me intrigavam. Agora, eu pude entender o motivo de os ruídos, na primeira noite da invasão, parecerem se levantar diretamente sob meus pés. E o riso que eu ouvira quando abri o alçapão pela primeira vez! Evidentemente, algumas das Criaturas-porco estavam bem abaixo de mim.

Outro pensamento me chamou a atenção. As criaturas todas se afogaram? Será que elas se afogariam? Lembrei-me de como eu não havia conseguido encontrar nenhum vestígio que mostrasse que meus tiros foram realmente fatais. Será que eles tinham vida, como nós entendemos a vida, ou eram fantasmas? Esses pensamentos passaram pela minha cabeça enquanto eu estava no escuro, procurando por fósforos em meus bolsos. Depois que encontrei a caixa, acendi um deles e fechei o alçapão. Em seguida, empilhei as pedras de volta sobre ele e saí dali.

Assim, suponho que a água continue entrando, trovejando até aquele Poço infernal sem fundo. Às vezes, sinto um desejo inexplicável de descer até o grande porão, abrir o alçapão e contemplar a escuridão impenetrável e úmida. Por vezes, o desejo se torna quase irresistível, tamanha a intensidade. Não é a mera curiosidade que me incita, é mais como se alguma influência inexplicável agisse sobre mim. Ainda assim, nunca vou até lá, e pretendo combater esse estranho desejo e reprimi-lo, tal como faria com qualquer outro pensamento profano de autodestruição.

Essa ideia de alguma força intangível sendo exercida pode parecer sem sentido. No entanto, meu instinto me alerta que não é bem assim. Nessas coisas, a razão me parece menos confiável do que o instinto.

Há um pensamento, para concluir, que se impõe a mim com uma crescente insistência. É que vivo em uma casa muito estranha, uma casa muito espantosa. E comecei a me perguntar se estou fazendo bem em ficar aqui. Mas, se eu fosse embora, para onde mais poderia ir e ainda obter a solidão e a sensação de sua presença[1], as únicas coisas que tornam minha velhice suportável?

---

[1] Uma interpolação aparentemente sem sentido. Não encontro nenhuma referência prévia no manuscrito a esse assunto. Ela se torna mais clara, no entanto, à luz dos incidentes que sucedem. (N.E.)

O Mar do Sono

Durante um período considerável após o último incidente que narrei em meu diário, pensei seriamente em sair desta casa, e poderia muito bem tê-lo feito, não fosse pelo grande e maravilhoso acontecimento sobre o qual estou prestes a escrever.

Como fui bem aconselhado pelo meu coração quando decidi permanecer aqui, mesmo com aquelas visões de coisas desconhecidas e inexplicáveis; pois, do contrário, não teria visto novamente a face daquela que amei. Sim, embora poucos saibam (ninguém agora, salvo minha irmã Mary), eu amei e, ah! Eu... perdi.

Eu escreveria a história daqueles doces dias do passado, mas seria como reabrir velhas feridas. No entanto, depois do que aconteceu, por que haveria de me preocupar? Pois ela veio até mim, do desconhecido. Estranhamente, ela me advertiu; advertiu-me com fervor contra esta casa; implorou para que eu saísse daqui; mas admitiu, quando a questionei, que ela não poderia ter vindo até mim se eu estivesse em outro lugar.

Ainda assim, ela me advertiu seriamente, dizendo-me que esta casa há muito estava sob o domínio do mal e de leis sombrias, das quais ninguém aqui tem conhecimento. E eu... eu só lhe perguntei, novamente, se ela viria ao meu encontro em outro lugar, e ela apenas ficou em silêncio.

E foi assim que cheguei ao Mar do Sono... assim ela o chamou, em sua adorável conversa comigo. Eu estava acordado em meu escritório, lendo, e devo ter adormecido sobre o livro. De repente, acordei e me endireitei, assustado. Olhei em volta, com uma sensação confusa de que ali existia algo incomum. O aposento tinha uma aparência enevoada, que conferia uma suavidade curiosa a cada mesa, cadeira e peça do mobiliário.

De maneira gradual, a bruma aumentou; crescendo do nada, por assim dizer. Então, lentamente, uma luz branca, difusa, começou a brilhar na sala. As chamas das velas reluziam através dela, palidamente. Olhei por todos os lados e percebi que ainda podia enxergar cada móvel, mas de um modo estranhamente irreal. Era como se o fantasma de cada mesa e cadeira tivesse tomado o lugar do objeto material.

Aos poucos, enquanto eu observava, eu os vi desvanecendo... desvanecendo até que, lentamente, desapareceram. Fitei novamente as velas. Elas ainda cintilavam, mas, ao olhar para elas, ficaram de certa forma mais irreais, e também sumiram. Agora, o aposento estava tomado por um suave, porém luminoso, pálido crepúsculo, como uma branda névoa de luz. Eu não conseguia ver nada além disso. Até mesmo as paredes se dissiparam.

Por fim, tomei consciência de que um som tênue e contínuo pulsava através do silêncio que me envolvia. Escutei atentamente. Tornou-se mais nítido, até que tive a impressão de ouvir os sopros de algum grande mar. Não sei dizer quanto tempo se passou dessa forma, mas, após um período, tive a impressão de que eu podia ver por entre a névoa. Lentamente, notei que estava na orla de um imenso e silencioso mar. Era uma praia plana e extensa, desaparecendo à minha direita e esquerda, em distâncias extremas. À minha frente, a imensidão imóvel de um oceano adormecido. Por vezes, pareci vislumbrar uma leve luz abaixo de sua superfície, mas não tinha certeza disso. Atrás de mim, erguiam-se, a uma altura extraordinária, penhascos negros, áridos.

No alto, o céu era de um tom acinzentado, uniforme e frio e todo o lugar era iluminado por um estupendo globo de fogo pálido, que flutuava um pouco acima do horizonte distante e lançava uma luz feito espuma sobre as águas calmas.

Além do murmúrio suave do mar, o que prevalecia era uma intensa quietude. Por um longo tempo, fiquei ali, contemplando-o em toda a sua estranheza. Enquanto eu o olhava fixamente, uma bolha de espuma branca pareceu emergir das profundezas. Mesmo agora não sei dizer como isso aconteceu, mas eu estava olhando na direção dela... não... olhando *dentro* da face dela... sim! Dentro de sua face, dentro de sua alma. E ela me olhou de volta, com um misto de alegria e tristeza que me fez correr em sua direção, cegamente, e suplicasse, em uma agonia de lembranças, terrores e esperanças, que viesse até mim. Apesar dos meus gritos, ela permaneceu onde estava, pairando sobre o mar, e apenas balançou a cabeça, triste; mas em seus olhos continha a velha luz terrena da ternura, que eu conhecera antes de tudo, antes de nos separarmos.

Diante da perversidade dela, eu me desesperei e tentei alcançá--la, com dificuldade. No entanto, ainda que eu me esforçasse, não conseguia. Alguma coisa, uma barreira invisível, me impediu, e me vi obrigado a ficar onde estava. Clamei por ela, com todas as forças de minha alma: "Ó, minha Amada, minha Amada", mas não consegui dizer nada mais, tamanha a intensidade do momento. E então ela se aproximou rapidamente e me tocou, e foi como se o céu tivesse se aberto. Mas, quando lhe estendi os braços, ela me afastou com mãos ternamente firmes, e eu me senti envergonhado.

Fragmentos[2]
(Os trechos legíveis das páginas mutiladas)

... em meio às lágrimas, o ruído da eternidade em meus ouvidos, nós nos separamos... Aquela que eu amo. Ó, meu Deus...!

Eu estava muito atordoado, e depois fiquei sozinho no breu da noite. Compreendi que havia retornado ao universo conhecido. Imediatamente, emergi daquela enorme escuridão. Alcancei as estrelas... um tempo vasto... o Sol, distante e remoto.

Entrei no abismo que separa nosso sistema dos sóis externos. À medida que me deslocava pela escuridão divisória, notei o brilho sempre crescente e o tamanho do nosso Sol. Houve uma vez em que olhei para as estrelas e as vi se movendo, por assim dizer, no meu

---

[2] Aqui, a caligrafia fica indecifrável, devido ao estado danificado dessa parte do manuscrito. Abaixo, transcrevo os fragmentos legíveis. (N.E.)

despertar, em contraste com o imponente pano de fundo noturno, tamanha a velocidade do meu espírito passageiro.

Aproximei-me do nosso sistema e agora pude avistar o brilho de Júpiter. Um tempo depois, distingui a claridade fria e azulada da luz terrestre... Fiquei deslumbrado. Tudo em volta do Sol parecia reluzir, objetos movendo-se em órbitas velozes. No interior, próximo à glória selvagem do Sol, circulavam dois pontos luminosos e, mais ao longe, pairava uma mancha azul, brilhante, que eu sabia ser a Terra. Ela circulou o Sol em um ciclo que parecia não ser maior do que o de um minuto terrestre.

... mais próximo, com grande rapidez. Vi as radiações de Júpiter e Saturno girando a uma velocidade incrível, em enormes órbitas. E fui me aproximando cada vez mais, até que tive uma estranha visão: a órbita visível dos planetas ao redor do sol-mãe. Era como se o tempo deixasse de existir para mim, de modo que um ano não era mais para o meu espírito desencarnado do que um breve momento para uma alma conectada à Terra.

A velocidade dos planetas pareceu aumentar, e logo depois eu estava observando o Sol, envolto em anéis como fios de fogo, de diferentes cores: as órbitas dos planetas, deslocando-se a uma grande velocidade em torno da chama central...

... o Sol ficou imenso, como se tivesse saltado sobre mim... "E agora eu estava no interior da órbita dos planetas externos, voando rapidamente em direção ao lugar onde a Terra, cintilando através do esplendor azulado de sua órbita e, como se fosse uma névoa ardente, circundava o Sol a uma velocidade monstruosa" [3]

---

[3] Mesmo um exame minucioso não me permitiu decifrar mais da parte danificada do manuscrito. Fica novamente legível no capítulo intitulado "O Rumor da Noite". (N.E.)

O rumor na noite

E agora chego ao mais estranho de todos os estranhos acontecimentos que me acometeram nesta casa de mistérios. Ocorreu bem recentemente, neste mês mesmo, e tenho poucas dúvidas de que o que vi fora, na realidade, o fim de todas as coisas. Mas vamos à minha história.

Não sei exatamente o porquê, mas até hoje nunca consegui registrar esses acontecimentos tão logo eles aconteciam. É como se eu tivesse que esperar um tempo, recuperar meu equilíbrio e digerir, por assim dizer, as coisas que ouvi ou vi. Sem dúvidas, é assim que deveria ser, pois, ao esperar, consigo enxergar os incidentes de uma forma mais verdadeira e escrevo sobre eles com mais calma e justiça, inclusive este que estou prestes a relatar.

Agora já é final de novembro. Minha história está relacionada ao que aconteceu na primeira semana do mês.

Era noite, por volta das onze horas. Pepper e eu fazíamos companhia um para o outro no meu escritório, aquele meu espaçoso e velho aposento onde leio e trabalho. Curiosamente, eu estava lendo a Bíblia. Comecei a me interessar cada vez mais por esse grandioso e antigo livro. De repente, um tremor perceptível sacudiu a casa, e em seguida ouvi um zumbido tênue e distante, que cresceu rapidamente em um grito abafado, ainda ao longe. Ele me lembrou, mas em proporções estranhas e colossais, do barulho que um relógio faz quando a trava é liberada e ele pode correr livremente. O som parecia vir de uma altura remota, de algum lugar lá em cima, na noite. O tremor não se repetiu. Olhei para Pepper. Ele dormia em paz.

Gradualmente, o barulho do zumbido diminuiu, e um longo silêncio se seguiu.

De uma só vez, um brilho iluminou a última janela, que se projeta na lateral da casa, de modo que a partir dela pode-se olhar tanto para Leste quanto para Oeste. Fiquei intrigado e, após um momento de hesitação, atravessei a sala e puxei a cortina para o lado. Ao fazer isso, vi o Sol nascer detrás do horizonte. Ele se elevava com um movimento constante, perceptível. Pude vê-lo viajar para o alto. Em um minuto, me pareceu, já havia atingido as copas das árvores, através das quais eu o observava. Subindo, subindo... a aurora chegara. Atrás de mim, ouvi um zumbido agudo, como o de um mosquito. Olhei de relance e percebi que ele vinha do relógio. Naquele momento, ele marcava uma hora. O ponteiro dos minutos se movia ao redor do mostrador mais rápido do que o dos segundos. O ponteiro das horas também se movia rapidamente. Tive uma sensação entorpecida de espanto. Logo depois – ao menos foi a impressão que tive –, as duas velas queimaram até o fim quase ao mesmo tempo. Voltei rapidamente para a janela, pois havia visto a sombra de suas esquadrias moverem-se pelo chão na minha direção, como se uma grande lamparina tivesse passado por ela.

Vi agora que o Sol se erguera alto no céu e ainda estava visivelmente se deslocando. Ele passou por cima da casa, com um extraordinário movimento típico da navegação. Quando a janela repousou na sombra, vi outra coisa extraordinária. As nuvens de tempo bom não conseguiam atravessar o céu calmamente... em vez disso, espalhavam-se como se um vento de cento e sessenta quilômetros por hora soprasse. À medida que passavam, mudavam suas formas milhares de vezes por minuto, como se ganhassem vida contorcendo-se estranhamente, e assim iam embora. Outras vieram e se afastaram a toda velocidade, da mesma forma.

A Oeste, vi o Sol cair com um movimento incrível, suave e rápido. A Leste, as sombras de todos os elementos à vista rastejavam em direção ao cinza que se aproximava. E o movimento das sombras era visível para mim: um movimento furtivo, contorcido, das sombras das árvores agitadas pelo vento. Era uma visão singular.

Rapidamente, o aposento começou a escurecer. O Sol deslizou para trás do horizonte, e a impressão foi que desapareceu da minha vista como se o tivessem puxado. Através do cinza da noite veloz, avistei o crescente prateado da Lua caindo do céu meridional em direção ao Oeste. O crepúsculo pareceu se fundir à noite quase instantaneamente. Acima de mim, as muitas constelações passavam em uma estranha órbita "silenciosa" rumo ao Oeste. A Lua caiu por aquelas últimas mil braças do abismo noturno, e só restou a luz estelar.

O zumbido cessou, me indicando que o relógio havia parado. Alguns minutos se passaram, e vi o céu a Leste se iluminar. Uma manhã cinzenta e sombria espalhou-se por cima de toda a escuridão e ocultou o cortejo dos astros. No alto, movia-se, com uma marcha eterna, pesada, um contínuo de nuvens cinzentas que poderia parecer imóvel na duração de um dia terrestre comum. O Sol estava escondido de mim, mas, de tempos em tempos, o mundo brilhava e escurecia, brilhava e escurecia, sob sutis ondas de luz e sombra...

A luz se deslocou totalmente para o Oeste, e a noite caiu sobre a Terra. Uma vasta chuva parecia acompanhá-la, e também um vento de uma sonoridade extraordinária, como o uivo de uma tempestade que dura uma noite inteira, tudo isso compactado em um espaço de tempo não maior do que um minuto.

Esse som passou quase imediatamente, e as nuvens se dispersaram, de modo que, mais uma vez, pude ver o céu. As estrelas voavam rumo ao Oeste com uma velocidade espantosa. Pela primeira vez, percebi que, embora o barulho do vento tivesse passado, um som constante, "vago", ainda se alojava em meus ouvidos. E agora que percebi isso, tive consciência de que ele me acompanhava o tempo todo. Era o rumor do mundo.

E assim que alcancei tamanha compreensão, surgiu a luz oriental. E após não mais do que alguns batimentos cardíacos, o Sol nasceu rapidamente. Através das árvores, eu o vi, e em pouco tempo ele já as ultrapassava. Subiu, subiu... e então todo o mundo ficou claro. Ele continuou, com uma rápida e constante oscilação até sua maior altitude, e então caiu, indo na direção ocidental. Vi o dia passar visivelmente sobre minha cabeça. Algumas nuvens claras voejaram rumo ao Norte e desapareceram. O Sol se pôs com um mergulho rápido e límpido, e havia em torno de mim, por alguns segundos, o cinzento crescente da escuridão.

Nas direções Sul e Oeste, a Lua desceu rapidamente. A noite já havia chegado. Um minuto depois, e a Lua desceu aquelas braças de céu escuro que restavam. Mais um minuto se passou, e o céu a Leste brilhou com o amanhecer que se aproximava. O Sol saltou sobre mim com uma brusquidão assustadora, e subiu cada vez mais rapidamente em direção ao zênite. Então, de repente, um novo elemento surgiu diante de mim. Uma nuvem escura, saindo às pressas da direção Sul. Ela pareceu atravessar todo o arco do firmamento em um só instante. À medida que se aproximava de mim, vi que sua borda oscilava como um monstruoso tecido negro no céu, girando e ondulando rapidamente, algo de uma sugestividade terrível. O ar se encheu de chuva, e uma centena de relâmpagos pareceu inundar o espaço, como em uma gigantesca pancada de chuva. No mesmo segundo, o rumor do mundo se afogou no rugido do vento, e meus ouvidos doeram com o impressionante impacto do trovão.

E, no meio dessa tempestade, a noite chegou; e então, no espaço de mais um minuto, a tempestade passou, e o que restou foi apenas o constante "borrão" do ruído do mundo em meus ouvidos. Acima de mim, as estrelas deslizavam rapidamente para o Oeste, e algo, talvez a velocidade em particular que tinham alcançado, me fez ter, pela primeira vez, uma percepção intensa de que era a Terra que girava. De repente, eu parecia vê-la: uma massa vasta, escura, que girava claramente contra as estrelas.

O amanhecer e o Sol pareciam surgir juntos, tamanha a velocidade da revolução da Terra. O Sol subiu em uma curva longa e constante, alcançou seu ponto máximo, fez um arco rumo ao céu ocidental e desapareceu. Mal percebi o crepúsculo, tamanha sua brevidade. Então, passei a observar as velozes constelações, e a Lua apressada no Ocidente. Em um curto espaço, assim me pareceu, ela deslizou rapidamente para baixo, através do azul noturno, e sumiu. Quase ao mesmo tempo, a manhã chegou.

E agora parecia ocorrer uma estranha aceleração. O Sol varreu o céu límpida e claramente, desaparecendo atrás do horizonte ocidental, e a noite chegou e partiu com semelhante pressa.

Como o dia seguinte abriu-se e fechou-se sobre o mundo, percebi um súbito suor de neve sobre a Terra. A noite chegou, e, quase imediatamente, um novo dia. No breve salto do Sol, vi que a neve havia se dissipado; então, mais uma vez, a noite caiu.

E assim foi; e, mesmo depois das tantas coisas incríveis que vi, senti um profundo espanto o tempo todo. Ver o Sol nascer e se pôr dentro de segundos; ver (logo depois) a Lua saltar – um pálido e crescente orbe – no céu noturno e deslizar, com uma estranha rapidez, pela imensidão azul; e, então, ver o Sol saltando do céu oriental, como se a perseguisse; e a noite chegando novamente, com a veloz e fantasmagórica passagem de constelações cintilantes. Tudo isso era demais para se ver com credulidade. Mas assim foi: o dia deslizando do amanhecer para o anoitecer, e a noite escorregando rapidamente para o dia, cada vez mais rápido e mais rápido.

As três últimas passagens do Sol mostraram-me uma Terra coberta de neve, que à noite pareceu, por alguns segundos, incrivelmente sobrenatural sob a luz da Lua em rápida ascensão e queda. Agora, porém, durante um breve momento, o céu foi oculto por um mar de nuvens brancas-plúmbeas e oscilantes, que iluminavam e escureciam, alternadamente, com a passagem do dia e da noite.

As nuvens se agitavam e desapareciam, e, mais uma vez diante de mim, a visão do Sol saltando rapidamente, e noites que iam e vinham como sombras.

Mais rápido e mais rápido, o mundo girava. E agora cada dia e cada noite se completavam em apenas alguns segundos; e a velocidade continuava a aumentar.

Pouco depois, notei que o Sol começou a deixar um rastro de fogo. Era evidente que isso se devia à velocidade com que ele aparentemente cortava os céus. Com o passar dos dias, cada um mais breve do que o anterior, o Sol começou a assumir a aparência de um imenso cometa flamejante[4] que ardia pelo céu em intervalos curtos, periódicos. À noite, a Lua apresentou, com muito mais verossimilhança, o aspecto de um cometa; uma forma de fogo pálida, singularmente clara e veloz, que viajava rápido, deixando rastros de uma chama fria. As estrelas agora pareciam apenas finos fios de fogo na escuridão.

Desviei meu olhar para ver como Pepper estava. No clarão de um efêmero dia, notei que ele dormia tranquilamente, e assim voltei a observar o céu.

O Sol agora explodia no horizonte oriental, como um estupendo foguete, parecendo não levar mais do que um ou dois segundos de Leste a Oeste. Eu já não conseguia mais identificar a passagem das nuvens pelo céu, que parecia ter escurecido um pouco. As breves noites aparentavam ter perdido a escuridão própria da noite, de modo que os fios de fogo das estrelas se mostravam apenas vagamente. Conforme a velocidade aumentava, o Sol oscilava muito lentamente no céu, de Sul a Norte, e depois, ainda vagarosamente, de Norte a Sul.

E foi assim, em meio a uma estranha confusão mental, que as horas passaram.

Tudo isso aconteceu enquanto Pepper dormia. Por fim, sentindo-me só e com o espírito perturbado, eu o chamei baixinho, mas ele não reagiu. Novamente, eu o chamei, dessa vez aumentando um pouco o tom da minha voz. Ainda assim, ele nem sequer se moveu. Caminhei até onde ele estava e o toquei com meu pé para despertá-lo. Nessa

---

[4] O Recluso usa isso como ilustração, evidentemente no sentido da concepção popular de um cometa. (N.E.)

minha ação, por mais gentil que fosse, ele se desfez. Foi isso o que aconteceu: ele literalmente se desfez em um monte de ossos e cinzas.

Por um minuto, talvez, fiquei olhando para aquele amontoado amorfo que uma vez fora Pepper. E ali permaneci, sentindo-me atordoado. O que poderia ter acontecido? Perguntei a mim mesmo, sem entender de imediato o significado sombrio daquele pequeno monte de cinzas. Enquanto revolvia aquela pilha com meu pé, ocorreu-me que isso só poderia acontecer em um grande intervalo de tempo. Anos e anos.

Do lado de fora, a luz ziguezagueante, tremulante, iluminava o mundo. Do lado de dentro, ali estava eu, imóvel, tentando entender o que aquilo significava... o que aquela pequena pilha de pó e ossos secos, no tapete, significava. Mas eu não conseguia pensar de um jeito coerente.

Olhei em volta e então, pela primeira vez, notei como o lugar parecia empoeirado e velho. Havia pó e sujeira por toda parte, amontoados em pequenas pilhas nos cantos e espalhados sobre a mobília. O próprio tapete ficou invisível sob a capa daquela substância que tudo cobria. À medida que eu caminhava, pequenas nuvens se erguiam debaixo dos meus pés, e me atacavam as narinas com um odor seco, amargo, que me fazia arquejar roucamente.

De repente, quando meu olhar caiu novamente sobre os restos mortais de Pepper, fiquei inerte e dei voz à minha confusão: perguntei, em voz alta, se os anos estavam passando de fato; se tudo aquilo, que até então eu havia considerado ser uma visão, era realidade. Fiz uma pausa. Um novo pensamento me assaltou. Rapidamente, embora com passos vacilantes (como observei pela primeira vez), atravessei o aposento até o grande espelho e o encarei. Ele estava muito empoeirado para refletir qualquer imagem, então, com as mãos trêmulas, comecei a retirar a sujeira. Finalmente, pude me ver. O meu pensamento assim se confirmava. Em vez do homem grande, vigoroso, que mal aparentava cinquenta anos, eu encarava um sujeito curvado, decrépito, de ombros caídos e de face enrugada, carregando os anos de um século. O cabelo, que poucas horas antes era preto como o carvão, agora era prateado. Somente os olhos eram vívidos. Gradualmente, reconheci naquele velho homem uma leve semelhança com o meu eu de outrora.

Eu me afastei e me virei para a janela. Eu sabia, agora, que eu era velho, e isso explicava meu trêmulo caminhar. Por um momento, observei a visão turva da paisagem mutável. Mesmo naquele curto espaço de tempo, um ano se passou, e, aborrecido, saí de perto da janela. Ao fazê-lo, percebi que minha mão tremia com a lentidão da velhice, e um pequeno soluço estrangulou-me até os lábios.

Dei meus passos, instáveis, da janela à mesa; meu olhar vagava para cá e para lá, desconfortavelmente. Quão deteriorado estava o cômodo. Em todos os lugares havia um pó espesso, inerte e escuro. O corta-fogo da lareira era pura ferrugem. As correntes que seguravam os pesos do relógio estavam há muito enferrujadas, e agora eles estavam caídos no chão, dois cones de verdete.

Quando olhei de relance, tive a impressão de ver os móveis do aposento apodrecendo e se decompondo diante dos meus olhos. Não era uma fantasia minha, pois subitamente a estante que ficava na parede lateral desmoronou, com um ranger de madeira podre, arremessando tudo dentro dela no chão e enchendo a sala com sufocantes átomos empoeirados.

Como eu me sentia cansado. Enquanto caminhava, parecia ouvir minhas juntas ressequidas estalando a cada passo. Pensei em minha irmã. Estaria ela morta, assim como Pepper? Tudo tinha acontecido tão repentinamente. Este deve ser, de fato, o começo do fim de todas as coisas! Pensei em ir procurá-la, mas eu me sentia muito cansado. E ela tinha se mostrado tão estranha com relação aos eventos recentes. Recentes! Repeti essas palavras e ri debilmente, sem contentamento, pois me dei conta de que me referia a um tempo passado há meio século. Meio século! Pode ter sido o dobro disso!

Fui lentamente até a janela e olhei uma vez mais para o mundo lá fora. A melhor forma de eu descrever a passagem do dia e da noite nesse período é como uma espécie de gigantesca, pesada cintilação. Momento a momento, a aceleração do tempo aumentou, de modo que agora, nas noites, eu avistava a Lua apenas como um rastro oscilante de fogo pálido, que variava de uma mera linha de luz a uma trilha nebulosa, e depois diminuía de novo, desaparecendo periodicamente.

A cintilação dos dias e noites acelerou-se. Os dias se tornaram visivelmente mais escuros, e uma aparência estranha de crepúsculo pairava, por assim dizer, na atmosfera. As noites eram tão mais claras que as estrelas mal podiam ser vistas, a não ser por um fio de fogo aqui e ali, que parecia oscilar sensivelmente, com a Lua.

Mais rápida, e cada vez mais rápida, acontecia a cintilação do dia e da noite. De repente, a impressão era de que a cintilação havia se apagado e, em vez disso, reinava uma luz constante, derramada sobre todo o mundo por um eterno rio de chamas que balançava para cima e para baixo, Norte e Sul, em fantásticas e poderosas oscilações.

O céu ficou muito mais escuro, e em seu azul havia uma pesada obscuridade, como se uma vasta escuridão espiasse por sobre a Terra. No entanto, nele também havia uma estranha e terrível claridade, e um vazio. De tempos em tempos, eu vislumbrava um rastro fantasmagórico de fogo que oscilava, tênue e sombrio, em direção à corrente do Sol; desaparecia e reaparecia. Era a quase imperceptível corrente da Lua.

Olhando para a paisagem, percebi novamente uma espécie de "esvoaçar" desfocado, que vinha ou do balançar da corrente do Sol, ou do resultado das mudanças incrivelmente velozes da superfície da Terra. E, a cada pouco, a neve caía repentinamente sobre o mundo, e sumia abruptamente, como se um gigante invisível colocasse e retirasse um tecido branco de cima da Terra.

O tempo voava, e o meu cansaço tornou-se insuportável. Saí da janela e andei novamente pela sala, com o espesso pó amortecendo o ruído dos meus movimentos. Cada passo que eu dava parecia exigir de mim um esforço maior do que o anterior. Uma dor insustentável atingia cada junta e membro enquanto eu caminhava com uma insegurança desgastante.

Quando cheguei à parede oposta, parei e fiquei ali me perguntando, vagamente, qual era minha intenção. Olhei à esquerda e vi minha velha cadeira. A ideia de sentar nela trouxe uma leve sensação de conforto à minha desorientada miséria. No entanto, estava tão cansado e velho e abatido, que eu mal conseguia mentalizar outra coisa que não fosse me manter de pé, e desejar que eu conseguisse atravessar aqueles poucos metros. Eu cambaleava. Até mesmo o piso parecia um bom lugar para repousar, mas a poeira era tão espessa, inerte e escura. Virei-me, com grande força de vontade, e caminhei em direção à minha cadeira. Lá cheguei, com um suspiro de gratidão. Sentei-me.

Tudo ao meu redor parecia desvanecer. As coisas eram tão estranhas e impensáveis. Ontem à noite mesmo eu era um homem relativamente forte, embora de idade; e agora, apenas algumas horas depois...! Olhei para o pequeno monte de pó que uma vez fora Pepper. Horas! E eu ri, uma risada fraca e amarga; uma risada estridente e cacarejante, que chocou meus sentidos enfraquecidos.

Por um tempo, acho que cochilei. Abri meus olhos, assustado. Em algum lugar do outro lado do aposento, ouvi um ruído abafado de algo caindo. Olhei e avistei, vagamente, uma nuvem de poeira pairando sobre uma pilha de escombros. Próximo à porta, algo mais foi ao chão, com um estrondo. Era um dos armários, mas eu estava exausto e não dei muita importância. Fechei os olhos e permaneci ali, em um estado de sonolência e semiconsciência. Por uma ou duas vezes – como se estivesse atravessando espessas brumas –, escutei barulhos, fracamente. Então, devo ter adormecido.

O despertar

Despertei, de sobressalto. Por um momento, tive dúvidas de onde eu estava. Logo depois, recobrei minha memória...

O aposento ainda era iluminado por aquela estranha luz... metade solar, metade lunar. Senti-me revigorado, e aquela dor do cansaço, do abatimento, me deixara. Caminhei lentamente até a janela e olhei para fora. Lá no alto, o rio flamejante subia e descia, Norte e Sul, em um semicírculo dançante de fogo. Era como um poderoso trenó no vulto do tempo, em um súbito devaneio que tive, pois os dias passavam tão rápido que não havia mais a noção de que o Sol ia de Leste a Oeste. O único movimento aparente era a oscilação Norte e Sul da corrente do Sol, que havia se tornado tão veloz que agora seria melhor descrita como uma *vibração*.

Enquanto eu olhava para fora, tive uma lembrança repentina e incongruente daquela última viagem entre os Mundos Externos. Lembrei-me da visão repentina que tive quando me aproximei do

Sistema Solar, com os planetas girando velozmente ao redor do Sol, como se o controle do tempo estivesse suspenso, e a Máquina do Universo permitisse percorrer uma eternidade em poucos momentos ou horas. A lembrança passou, com uma sugestão não mais do que parcialmente compreendida de que me foi permitido vislumbrar outros espaços de tempo. Voltei a olhar, aparentemente, para o tremor da corrente do Sol. A velocidade parecia aumentar diante dos meus olhos. Vários tempos de uma vida vieram e passaram enquanto eu observava.

Fiquei impressionado, com uma espécie de seriedade grotesca, por eu ainda estar vivo. Pensei em Pepper e em como foi que eu não seguira seu destino. O momento de sua morte chegara, provavelmente, após passados muitos anos de vida. E aqui estava eu, vivo, centenas de milhares de séculos após meu legítimo tempo de vida.

Por um tempo, refleti, distraído. "Ontem", então parei. Ontem! Não houve ontem. O ontem de que falei fora engolido pelo abismo de anos, séculos passados. Fiquei atordoado de tanto pensar nisso.

Afastei-me da janela e olhei em volta do cômodo. Parecia diferente... estranha e totalmente diferente. Então, logo compreendi o que o fazia parecer tão estranho. O lugar estava vazio: não havia um único móvel, nem mesmo uma peça solitária de qualquer espécie. Pouco a pouco, meu espanto passou, à medida que as lembranças vieram à minha mente, de que isso era apenas o fim inevitável daquele processo de deterioração que eu havia testemunhado iniciar-se antes do meu adormecimento. Milhares de anos! Milhões de anos!

Sobre o chão, espalhava-se uma profunda camada de poeira, que quase alcançava metade da altura até o peitoril da janela. Ela crescera imensamente enquanto eu dormia, e representava a poeira de incalculáveis eras. Não restavam dúvidas de que os átomos da mobília velha e em decomposição ajudaram a aumentar seu volume; e, em algum lugar ali no meio, estaria Pepper, há tanto tempo perecido.

Ocorreu-me, de repente, que eu não tinha nenhuma lembrança de ter andado em meio a todo aquele pó vindo até os joelhos depois que acordei. É verdade que havia se passado um tempo impressionante desde que me aproximei da janela, mas isso não era nada em comparação aos inúmeros espaços de tempo que, como eu imaginava, se foram enquanto eu dormia. Agora, me lembrei de que adormeci sentado em minha velha cadeira. Ela sumiu...? Olhei para onde ela estava e, claro, não havia nenhuma cadeira para ser vista. Eu não sabia dizer se ela se desfez depois do meu despertar ou antes. Se eu estivesse sentado nela no momento, certamente eu acordaria com o baque. Então, considerei que a poeira espessa que cobria o chão teria sido suficiente para amortecer minha queda. Era bem possível que eu tivesse dormido sobre o pó por um milhão de anos ou mais.

Enquanto esses pensamentos vagueavam pela minha cabeça, olhei de novo, por acaso, para onde a cadeira ficava. Então, pela primeira vez, notei que não havia marcas de minhas pegadas no pó entre ela e a janela. Significava que eras e eras se passaram desde o momento em que despertei... dezenas de milhares de anos!

Mais uma vez, meu olhar pousou pensativamente no lugar onde antes ficava minha cadeira. Em um instante, passei da abstração à ação, pois ali, onde era o lugar dela, encontrei uma longa ondulação incrustada na espessa poeira. No entanto, ela não estava tão escondida assim, e pude adivinhar a causa. Foi então que percebi, e estremeci com esse conhecimento, ser um corpo humano morto há séculos, estendido ali, sob o lugar em que eu havia dormido. Estava deitado do lado direito, de costas para mim. Consegui distinguir e traçar cada curva e contorno suavizado e modelado, por assim dizer, no pó preto. De um modo vago, tentei justificar aquela presença ali. Lentamente, fui ficando perplexo, quando me veio à mente o pensamento de que ele estava exatamente onde eu devo ter caído quando a cadeira desabou.

Gradualmente, uma ideia começou a se formar; um pensamento que abalou meu espírito. Parecia hediondo e insuportável; no entanto, cresceu dentro de mim de maneira constante, até se tornar uma convicção. O corpo sob aquela camada, aquele manto de poeira, não era nada mais nada menos do que minha própria casca morta. Nem tentei provar isso. Eu sabia agora, e me questionei se já não o sabia o tempo todo. Eu me tornara um ser incorpóreo.

Enquanto isso, eu tentava ajustar meus pensamentos a esse novo problema. Com o passar do tempo – quantos milhares de anos, eu não sei –, alcancei um certo grau de quietude suficiente para me permitir prestar atenção ao que estava acontecendo ao meu redor.

Agora, vi que a alongada pilha havia se desfeito, desmoronado, nivelando-se com o resto da poeira espalhada. E átomos frescos, impalpáveis, assentaram-se acima daquela mistura de pó sepulcral, que os éons pulverizaram. Durante muito tempo, fiquei de pé, virado para a janela. Pouco a pouco, fui ficando mais sereno, enquanto o mundo deslizava através dos séculos rumo ao futuro.

Comecei a fazer uma inspeção do cômodo. Notei que o tempo estava começando seu trabalho destrutivo, mesmo nesta estranha e antiga construção. O fato de ela ter perdurado todos os anos me pareceu ser a prova de que era diferente de qualquer outro edifício. De alguma forma, não creio que eu tivesse chegado a pensar em sua decadência, mas o porquê disso eu não saberia dizer. Só depois de meditar sobre o assunto, por um tempo considerável, é que percebi plenamente que o extraordinário espaço de tempo pelo qual ela passou seria suficiente para pulverizar completamente as próprias pedras a partir das quais fora alicerçada, isso se elas tivessem sido extraídas de qualquer pedreira terrestre. Sim, sem dúvida, a casa estava desmoronando. Todo o gesso havia desaparecido das paredes, e até mesmo as madeiras do cômodo se foram, muitas eras antes.

Enquanto eu contemplava o lugar, um pedaço de vidro, de um dos pequenos vitrais em forma de diamante, caiu com uma pancada leve e abafada em meio à poeira, no peitoril atrás de mim, e se desfez em um pequeno monte de pó. Ao me virar, vi luzes entre alguns silhares que formavam a parede externa. Evidentemente, a argamassa estava se desintegrando...

Após um tempo, virei-me mais uma vez para a janela e olhei lá fora. A velocidade do tempo era enorme. A vibração lateral da corrente do sol cresceu tão rapidamente que o semicírculo de chama dançante transformou-se em um tecido de fogo que cobriu metade do céu meridional, de Leste a Oeste.

Do céu, olhei para os jardins. Eram apenas borrões de um verde pálido, turvo. Tive a sensação de que estavam mais altos do que nos velhos tempos; uma sensação de que estavam mais próximos da minha janela, como se tivessem se erguido materialmente. Ainda assim, estavam muito abaixo de mim; pois a rocha acima da boca do Poço sobre a qual esta casa fora construída eleva-se a uma grande altura.

Foi mais tarde que observei uma mudança na cor constante dos jardins. O verde pálido e turvo estava se tornando cada vez mais pálido e mais pálido, embranquecendo-se. Após um longo período, eles se tornaram branco-acinzentados e assim permaneceram por muito tempo. Por fim, contudo, o cinza começou a desbotar, como o verde, até atingir uma tonalidade branca sem vida. E assim continuou, constante e inalterado. Com isso, entendi finalmente que a neve caía sobre todo o mundo ao Norte.

E assim, por milhões de anos, o tempo avançou pela eternidade, até o fim... o fim em que, nos velhos tempos terrenos, eu pensara remotamente, de modo vago e especulativo. E agora, ele estava se aproximando de uma maneira que ninguém jamais supusera.

Lembro-me de que, naquele momento, comecei a sentir uma curiosidade vívida, embora mórbida, sobre o que aconteceria quando o fim chegasse, mas eu parecia estranhamente sem imaginação.

Durante todo esse tempo, o processo constante de deterioração continuava. Os poucos pedaços de vidro restantes há muito tinham desaparecido, e, de vez em quando, um suave ruído e uma pequena nuvem de poeira ascendente indicavam que algum fragmento de argamassa ou pedra se desprendera.

Voltei meus olhos para o alto, para o ardente tecido que vibrava no firmamento acima de mim e bem abaixo do céu meridional. Quando olhei, tive a impressão de que ele perdera um pouco de seu brilho inicial, e era mais embotado, mais profundo.

Olhei para baixo, mais uma vez, para o branco embaçado da paisagem do mundo. Por vezes, meu olhar seguia o ardente tecido de chama opaca que ainda ocultava o Sol. De vez em quando, olhava para trás de mim, para o crepúsculo crescente do grande e silencioso cômodo, com seu tapete-éon de poeira adormecida...

Assim, observei a passagem das fugazes eras, imerso em pensamentos e questionamentos, dominado por uma nova fadiga.

A vagarosa rotação

Talvez tenha transcorrido um milhão de anos quando percebi que, sem sombra de dúvida, o tecido ardente que iluminava o mundo estava mesmo escurecendo.

Outro vasto espaço de tempo se passou, e toda a enorme chama afundara-se em um profundo acobreado. Gradualmente, continuou a escurecer, do cobre ao vermelho-cobre, e deste, por vezes, a um tom profundo, pesado e arroxeado, com um estranho vulto sangrento nele.

Embora a luz estivesse diminuindo, eu não percebia isso acontecer com a velocidade do Sol. Ela ainda se estendia naquele deslumbrante véu de celeridade.

O mundo, pelo menos até onde eu conseguia ver, assumira uma terrível sombra de melancolia, como se, de fato, o último dia dos mundos se aproximasse.

O Sol estava morrendo disso não restavam dúvidas; ainda assim, a Terra girava para frente, através do espaço e de todos os éons. Naquele momento, lembro-me, uma extraordinária sensação de perplexidade me tomou. Mais tarde, vi-me vagando, mentalmente, em meio a um estranho caos de modernas teorias fragmentárias e da velha história bíblica do fim do mundo.

Então, pela primeira vez, passou por mim a ideia de que o Sol, com seu sistema de planetas, estava viajando pelo espaço a uma velocidade incrível. Abruptamente, a pergunta surgiu: *Para onde?* Por muito tempo, ponderei sobre o assunto; mas, finalmente, com uma certa sensação da inutilidade de minhas conjecturas, deixei minhas meditações vaguearem para outras coisas. Comecei a refletir quanto tempo mais a casa ficaria de pé. Também me questionei se eu estaria condenado a seguir incorpóreo na Terra, através dos tempos obscuros que eu sabia estarem se aproximando. A partir desses pensamentos, caí novamente em especulações sobre a possível trajetória do Sol através do espaço… E assim mais um longo período se passou.

Pouco a pouco, à medida que o tempo se evadia, comecei a sentir o frio de um grande inverno. Então, lembrei-me de que, com a morte do Sol, o frio teria, necessariamente, uma intensidade extraordinária. Lentamente, bem lentamente, à medida que os éons deslizavam na eternidade, a Terra afundava em uma escuridão mais pesada e avermelhada. A chama opaca no firmamento assumiu uma tonalidade mais profunda, muito sombria e turva.

Então, por fim, percebi uma mudança. A cortina de chamas ardente e sombria, que pendia no alto e descia em direção ao céu meridional, começou a se afinar e a se contrair; e, nela, como ao vermos as rápidas vibrações ruidosas de uma harpa, avistei mais uma vez a corrente do Sol estremecendo vertiginosamente, de Norte a Sul.

Devagar, a semelhança com um tecido de fogo foi se perdendo, e eu percebi, claramente, o lento pulsar da corrente do Sol. Ainda assim, a velocidade de sua oscilação era inconcebível. E em todo esse tempo, o brilho do inflamado arco se tornava cada vez mais embotado. Abaixo dele, o mundo se desvanecia... uma região indistinta, espectral.

Lá no alto, o rio de chamas oscilava mais devagar... e ainda mais devagar; até que, finalmente, movia-se de Norte a Sul em grandes e pesadas vibrações, que duravam segundos. Um longo período se passou, e agora cada oscilação do grande cinturão durava quase um minuto; de maneira que, após muito tempo, deixei de distingui-lo como um movimento visível; e a corrente de fogo escoou para um rio constante de embotadas chamas, através do céu moribundo.

Um tempo indefinido transcorreu, e o arco de fogo pareceu ficar menos nítido. Tive a impressão de que ele se tornou mais atenuado, e parecia-me que, ocasionalmente, surgiam ali listras escuras. Enquanto eu observava, o fluxo suave cessou, e pude perceber um escurecimento momentâneo, mas regular, do mundo. Ele aumentou até que, uma vez mais, a noite caiu, em curtos, periódicos intervalos sobre a fatigada Terra.

Mais e mais longas eram as noites, e os dias se igualaram a elas; de modo que, finalmente, o dia e a noite passaram a durar não mais do que alguns segundos, e o Sol se mostrou, novamente, quase que como uma bola invisível, de cor vermelho-cobre, dentro da névoa incandescente de seu voo. Correspondendo às linhas escuras, mostradas às vezes em seu rastro, agora se destacavam claramente no Sol semivisível grandes cinturões escuros.

Os anos passavam como clarões, e a duração dos dias e das noites era de minutos. O Sol não tinha mais a aparência de uma cauda; e agora subia e se punha – um tremendo globo de um brilho bronze-cobre, em algumas partes rodeado por faixas vermelho-sangue; em outras, com as faixas escuras já mencionadas por mim. Esses círculos, tanto os rubros quanto os negros, eram de espessuras variadas. Durante um tempo, não consegui compreender suas presenças. Ocorreu-me então ser pouco provável que o Sol esfriasse de maneira uniforme por toda a parte, e que essas marcas se deviam, provavelmente, às diferenças de temperatura das diversas áreas: o vermelho representando aquelas partes onde o calor ainda era ardente, e o preto as porções já comparativamente frias.

Mas achei peculiar que o Sol resfriasse em anéis uniformemente definidos; até me lembrar de que, possivelmente, não passavam de manchas isoladas, às quais a enorme velocidade rotatória do Sol havia conferido uma aparência de cinturão. O Sol, em si, era muito maior do que o Sol que eu conhecera nos velhos tempos terrenos; e, a partir disso, imaginei que ele estivesse consideravelmente mais próximo.

Durante as noites, a Lua[5] ainda surgia, mas pequena e remota; e sua luz era tão sem brilho e fraca que parecia pouco mais do que um pequeno fantasma da Lua de outrora.

Gradualmente, os dias e as noites foram se prolongando, até se igualarem a uma duração um pouco menor do que uma das antigas horas terrestres; o Sol nascendo e se pondo como um grande disco de bronze rubi, entremeado por faixas pretas como tinta. Nesse momento, consegui novamente avistar os jardins com nitidez. Pois o mundo tornara-se imóvel, imutável. Contudo, não estou certo em dizer "jardins", pois não havia jardins… nada que eu conhecesse ou reconhecesse. Em seu lugar, o que eu via era uma vasta planície, que

---

[5] Nenhuma outra menção é feita à lua. Pelo que foi dito aqui, é evidente que nosso satélite se afastara muito da Terra. Possivelmente, em uma era posterior, ela pode até ter perdido a atração com nosso planeta. Não posso deixar de lamentar que nenhuma elucidação tenha sido feita sobre esse ponto. (N.E.)

se estendia a uma longa distância. Um pouco à minha esquerda, havia uma baixa cadeia de colinas. Por toda a parte, espalhava-se uma cobertura branca e uniforme de neve, em locais que se elevavam em pequenas geleiras e espinhaços.

Foi somente agora que reconheci o quão grande havia sido a nevada. Em alguns pontos era muito profunda, como indicava uma grande colina em forma de onda, à minha direita; embora não seja impossível que isso tenha se devido, em parte, a alguma elevação na superfície do solo. Estranhamente, a baixa cordilheira à minha esquerda, sobre a qual já falei, não estava totalmente coberta pela neve universal; em vez disso, eu podia ver suas laterais nuas e escuras se mostrando em vários lugares. Mas em todos eles (e sempre) reinava um inacreditável silêncio-morte e a desolação. O silêncio imutável e horrível de um mundo prestes a morrer.

Em todo esse tempo, os dias e as noites foram se alongando de modo perceptível. Cada dia já durava cerca de duas horas, desde o amanhecer até o anoitecer. À noite, fiquei surpreso ao descobrir que havia pouquíssimas estrelas, pequenas, embora de um brilho extraordinário, o que atribuí à peculiar, mas evidente, escuridão da noite.

Longe, ao Norte, discerni um tipo nebuloso de bruma; não muito diferente, na aparência, de uma pequena porção da Via Láctea. Poderia ter sido um aglomerado estelar extremamente remoto; ou (o pensamento veio até mim subitamente) talvez fosse o espaço sideral que eu conhecera, e agora deixara para trás, para sempre... uma pequena névoa de estrelas, brilhando vagamente nas profundezas do espaço.

Os dias e as noites continuavam a se alongar, lentamente. A cada vez, o Sol se tornava mais opaco do que quando se pusera antes. E os negros cinturões se alargavam.

Por volta desse momento, algo de novo aconteceu. O Sol, a Terra e o céu de repente escureceram e, aparentemente, desapareceram por um breve espaço de tempo. Tive uma sensação, uma certa consciência (o meu campo de visão era limitado), de que uma nevasca muito forte caía sobre a Terra. Então, em um instante, o véu que tudo obscureceu sumiu, e olhei para fora uma vez mais. Uma visão maravilhosa veio ao encontro do meu olhar. A cavidade sobre a qual esta casa e seus jardins erguem-se estava repleta de neve[6]. Ela se aglomerava sobre o parapeito da minha janela. Em todos os lugares, estendia-se um vasto trecho alvo, que capturava e refletia, melancolicamente, os sombrios brilhos acobreados do Sol agonizante. O mundo tornara-se uma planície sem sombras, de horizonte a horizonte.

Olhei para o Sol. Ele brilhava com uma nitidez extraordinária e opaca. Agora, eu o olhava como alguém que, até então, o tinha visto apenas através de um meio parcialmente obscurecido. O céu tornara--se escuro, uma escuridão profunda, assustadora em sua proximidade, em sua profundidade descomedida, em sua absoluta hostilidade. Por um bom tempo, olhei para ele, abalado e temeroso. Ele estava tão perto. Se eu fosse uma criança, poderia ter expressado um pouco da minha sensação e minha angústia dizendo que o céu perdera seu telhado.

Mais tarde, eu me virei e observei o aposento. Todos os lugares estavam cobertos por uma fina mortalha do branco que tudo permeava. Eu podia vê-la, mas fracamente, devido à luminosidade sombria que agora pairava sobre o mundo. Parecia agarrar-se às paredes arruinadas; e o pó espesso e acolchoado do passar dos anos, que ia até na altura dos joelhos, já não era visível em nenhuma parte. A neve deve ter entrado pelos buracos das janelas. Contudo, não fora deslocada para

---

[6] Presumivelmente, ar congelado. (N.E.)

nenhum canto. Cobria inteiramente o grande e velho aposento, lisa e nivelada. Além disso, não ventara nesses muitos milhares de anos. Mas havia neve[7], como eu disse.

E toda a Terra estava em silêncio. E o frio era tanto, como nenhum ser humano jamais sentira.

Agora, a Terra era iluminada, durante o dia, pela luz mais lúgubre, algo além do meu poder de descrição. Parecia que eu olhava para a grande planície, do meio de um mar de bronze.

Era evidente que o movimento rotatório da Terra diminuía de modo constante.

O fim chegou, de uma só vez. A noite foi a mais longa; e quando o Sol moribundo surgiu, finalmente, acima da borda do mundo, eu já estava tão cansado da escuridão que o saudei como um amigo. Ele subiu constantemente, até cerca de vinte graus acima do horizonte. Então, parou subitamente e, após um estranho movimento retrógrado, permaneceu imóvel... um grande escudo no firmamento[8]. Apenas a borda circular do Sol brilhava, apenas ela, e uma fina faixa luminosa perto da Linha do Equador.

Gradualmente, até mesmo esse fio de luz se apagou; e agora, tudo o que restava do nosso grande e glorioso Sol era um imenso disco morto, rodeado por um fino aro de luz vermelho-bronze.

---

[7] Ver nota anterior. Isso explicaria a neve (?) no aposento. (N.E.)

[8] Fico intrigado que nem aqui, nem depois, o Recluso faz qualquer outra menção ao movimento contínuo de Norte e Sul (aparente, é claro) do Sol, de solstício a solstício. (N.E.)

A estrela verde

O mundo estava dominado por uma escuridão cruel... fria e intolerável. Lá fora, tudo estava quieto! Do breu do aposento atrás de mim, vinha um ocasional e suave estrondo[9] da queda de fragmentos de pedra em decomposição. Assim, o tempo se passou, e a noite agarrou o mundo, cobrindo-o com envoltórios de uma treva impenetrável.

Não havia nenhum céu noturno, tal qual o conhecemos. Até mesmo as poucas estrelas dispersas desapareceram, em definitivo. Era como estar em um cômodo fechado, sem iluminação, a julgar pelo que eu conseguia ver. Somente na impalpabilidade das trevas, ao contrário, queimava aquele vasto e envolvente fio de fogo opaco. Fora isso, não havia nenhum raio em toda a vastidão da noite que me rodeava;

---

[9] Nesse momento, a atmosfera carregada de sonoridade deve ter sido incrivelmente atenuada, ou, mais provavelmente, inexistente. À luz disso, não se pode supor que esses, ou quaisquer outros ruídos, teriam sido identificáveis pelos ouvidos humanos... o ato de ouvir, como o entendemos, em nosso corpo material. (N.E.)

exceto lá longe, ao Norte, onde aquele brilho suave, semelhante a uma névoa, ainda cintilava.

Silenciosamente, os anos seguiram. Quanto tempo se passou, eu nunca saberei. Parecia-me, esperando ali, que as eternidades iam e vinham furtivamente; e eu continuava a observar. Eu podia ver apenas o brilho da borda do Sol, às vezes, pois agora ele começava a aparecer e desaparecer... iluminando-se um pouco e novamente extinguindo-se.

De uma só vez, durante um desses períodos de vida, uma chama repentina atravessou a noite... um rápido clarão que iluminou a Terra morta, brevemente, dando-me um vislumbre de sua uniforme solidão. A luz parecia vir do Sol, de algum lugar perto de seu centro, diagonalmente. Fiquei observando por um momento, assustado. Então a chama saltitante afundou, e a escuridão reinou novamente. Mas agora o breu já não era tão grande. O Sol tinha à sua volta um cinto formado por uma fina linha, de uma alva e vívida luz. Olhei para ela fixamente. Teria um vulcão irrompido do Sol? No entanto, descartei essa ideia tão logo ela surgiu. Considerei a luz intensamente branca, e grande demais, para tal possibilidade.

Outra ideia que me ocorreu foi esta: um dos planetas internos havia caído dentro do Sol e se tornado incandescente com o impacto. Essa teoria me pareceu ser mais plausível, por justificar mais satisfatoriamente o extraordinário tamanho e brilho da chama, que iluminara o mundo morto de uma maneira tão inesperada.

Cheio de interesse e emoção, olhei, através da escuridão, para aquela linha de fogo branco cortando a noite. Isso me dizia algo com certeza: o Sol ainda rotacionava a uma velocidade enorme[10]. Assim, descobri que os anos ainda eram fugazes, a um ritmo incalculável; embora, no

---

[10] Só posso supor que o tempo de viagem anual da Terra deixara de suportar sua proporção *relativa* atual ao período de rotação do Sol. (N.E.)

que diz respeito à Terra, à vida, à luz e ao tempo, esses eram elementos pertencentes a um período perdido nas eras há muito desaparecidas.

Após aquela explosão luminosa, a luz passou a parecer apenas uma faixa circundante de fogo brilhante. Agora, entretanto, à medida que eu observava, ela começou a afundar lentamente em uma tonalidade avermelhada e, mais tarde, em uma cor escura, vermelho-cobre; muito semelhante ao que acontecera com o Sol. Tornou-se ainda mais escura e, em seguida, começou a flutuar; com períodos de brilho e, em pouco tempo, o finamento. Então, com o passar de um longo período, desapareceu.

Muito antes disso, a borda ardente do Sol perecera na escuridão. E assim, naquele futuro supremo, o mundo, escuro e absolutamente silencioso, cavalgava em sua órbita sombria ao redor da pesada massa do Sol morto.

Meus pensamentos, nesse momento, dificilmente podem ser descritos. No início, eles eram caóticos e incoerentes. Porém, mais tarde, conforme as eras iam e vinham, minha alma parecia imbuir-se da própria essência da solidão opressiva e lúgubre que dominava a Terra.

Acompanhando esse sentimento, veio uma espantosa clareza de pensamento, e eu percebi, para meu desespero, que o mundo poderia vagar para sempre através daquela enorme noite. Por um tempo, essa ideia nociva me dominou com uma sensação esmagadora de desolação; de modo que eu poderia ter chorado como uma criança. Com o tempo, porém, essa comoção quase desapareceu, e uma esperança irracional me possuiu. Pacientemente, esperei.

De tempos em tempos, o barulho de partículas caindo atrás de mim no aposento chegava aos meus ouvidos. Certa vez, ouvi um estrondo alto e me virei, instintivamente, para olhar o que era, esquecendo-me, por um momento, da noite impenetrável na qual tudo estava submerso. Logo, meu olhar procurou os céus, voltando-se inconscientemente para o Norte. Sim, o brilho nebuloso ainda cintilava. Eu podia até mesmo imaginar que parecia um pouco mais claro. Por muito tempo, olhei fixamente para ele, sentindo, em minha alma solitária, que sua suave bruma era, de alguma forma, um vínculo com o passado. É estranho como as pequenas coisas podem nos trazer conforto! Ainda assim, se eu soubesse... mas chegarei a isso em seu devido momento.

Durante um longo período, observei, sem sentir nenhuma vontade de dormir, algo que teria acontecido tão em breve fosse nos velhos dias terrenos. Como isso seria bem-vindo, ao menos para passar o tempo longe de minhas perplexidades e meus pensamentos.

Por várias vezes, o desagradável ruído de algum grande pedaço de alvenaria caindo perturbava minhas meditações, e houve uma ocasião em que tive a impressão de ouvir sussurros no cômodo, atrás de mim. No entanto, era totalmente inútil tentar enxergar qualquer coisa. Tamanha escuridão, tal qual existia, dificilmente pode ser concebida. Era palpável e horrivelmente brutal para os sentidos; como se fosse algo morto pressionando-se contra mim... algo suave, gelado.

Diante de tudo isso, cresceu em mim uma grande e avassaladora sensação de mal-estar, que me fez mergulhar em uma melancolia desconfortável. Senti que devia lutar contra isso e, esperando distrair meus pensamentos, virei-me para a janela e olhei para o Norte em busca da alvura nebulosa, que ainda me parecia o brilho distante e enevoado do universo que havia restado. Ao levantar meus olhos, fiquei emocionado e admirado, pois agora essa luz transformara-se em uma única grande estrela, de um verde vívido.

Enquanto eu olhava, atônito, uma possibilidade me ocorreu: de que a Terra devia estar viajando em direção à estrela; não para longe dela, como eu imaginara. Também pensei que talvez não fosse o universo que a Terra deixara, mas, possivelmente, uma estrela distante, pertencente a algum vasto aglomerado estelar oculto nas enormes profundezas do espaço. Com um misto de temor e curiosidade, eu a observei, imaginando qual novidade seria revelada a mim.

Por um instante, pensamentos vagos e especulações me ocuparam, durante os quais meu olhar fixava-se insaciavelmente naquele único ponto de luz, na escuridão que de outro modo seria um poço. A esperança surgiu dentro de mim, banindo a opressão do desespero, que parecia asfixiar-me. Para onde quer que a Terra estivesse viajando, ela estava, ao menos, indo mais uma vez em direção aos reinos de luz. Luz! É preciso passar uma eternidade envolto em uma noite muda para compreender o horror total da ausência da luz.

Lentamente, mas de maneira uniforme, a estrela cresceu perante minha visão, até que, depois de algum tempo, ficou tão brilhante quanto o planeta Júpiter, nos velhos tempos terrestres. Com o aumento do tamanho, sua cor tornou-se ainda mais impressionante, lembrando uma enorme esmeralda, cintilando raios de fogo por todo o mundo.

Anos se passaram em silêncio, e a estrela verde se transformou em um grande salpico de chamas no céu. Um pouco mais tarde, vi algo que me fascinou. Era o contorno fantasmagórico de uma enorme crescente, na noite; uma gigantesca Lua nova que parecia surgir em meio à escuridão circundante. Completamente perplexo, eu a fitava. Parecia estar relativamente bem próxima, e fiquei intrigado para compreender como a Terra chegara tão perto dela sem que eu a tivesse visto antes.

A luz lançada pela estrela ficou mais viva, e então me dei conta de que era possível ver a paisagem terrestre novamente, embora de maneira vaga. Observei, tentando distinguir algum detalhe da superfície do mundo, mas a luminosidade era insuficiente. Pouco tempo depois, desisti da tentativa e olhei mais uma vez em direção à estrela. Mesmo no breve intervalo em que minha atenção fora desviada, a estrela crescera consideravelmente e parecia agora, diante de minha visão perplexa, cerca de um quarto do tamanho da Lua cheia. A luz que emitia era extraordinariamente poderosa; no entanto, sua cor era tão abominavelmente pouco familiar que o mundo, tal como eu podia vê-lo, parecia irreal; era mais como se eu olhasse para uma paisagem de sombras.

Durante todo esse tempo, o brilho da grande Lua crescente se intensificou e começou, agora, a resplandecer com uma perceptível tonalidade verde. A estrela se expandiu em tamanho e brilho, até aparentar ter a metade de uma Lua cheia; e, à medida que ficava maior e mais brilhante, a vasta crescente emitia mais e mais luz, embora de uma tonalidade verde cada vez mais profunda. Sob o resplendor combinado de suas radiações, a paisagem que se estendia diante de mim foi ficando mais visível. Em um instante, eu parecia capaz de contemplar o mundo inteiro, que agora se mostrava sob uma estranha luz, terrível em sua fria, medonha e plana monotonia.

Um pouco depois, minha atenção foi atraída para o fato de que a grande estrela de chama verde estava lentamente se deslocando do Norte em direção ao Leste. No início, eu mal acreditei no que vi, mas em breve não restariam dúvidas de que assim o era. Gradualmente, ela afundou, e, ao cair, a vasta Lua crescente de um verde cintilante começou a diminuir e a diminuir, até se tornar um mero arco de luz contra o céu lívido e colorido. Em seguida, ela desapareceu, no mesmo lugar de onde eu a vira emergir lentamente.

Àquela altura, a estrela havia se posicionado a cerca de trinta graus do horizonte oculto. Em tamanho, ela agora poderia rivalizar com o de uma Lua cheia, embora, ainda assim, eu não conseguisse distinguir seu disco. Isso me levou a pensar que ela ainda estava a uma distância extraordinária. Por isso, eu sabia que seu tamanho deveria ser maior que o da capacidade humana de entender ou imaginar.

Subitamente, enquanto eu observava, a extremidade inferior da estrela desapareceu, cortada por uma linha escura, reta. Um minuto, ou um século, se passou, e ela mergulhou mais, até que metade dela desapareceu de vista. Ao longe, na grande planície, avistei uma sombra monstruosa obscurecendo-se e avançando rapidamente. Apenas um terço da estrela era visível agora. Então, como um *flash*, a solução desse extraordinário fenômeno se revelou para mim: a estrela estava afundando por trás da enorme massa do Sol morto. Ou melhor, o Sol, obediente à sua atração, estava subindo em direção a ela[11], com a Terra seguindo seu rastro. À medida que esses pensamentos se expandiam em minha mente, a estrela desapareceu, ficando completamente escondida pela imensa massa do Sol. E sobre a Terra caiu, mais uma vez, a melancólica noite.

Com a escuridão, sentimentos intoleráveis de solidão e pavor me invadiram. Pela primeira vez, pensei no Poço e em seus habitantes. Depois disso, veio à minha memória a ainda mais terrível Coisa, que assombrara as margens do Mar do Sono e espreitara nas sombras desta antiga casa. Onde estavam? Foi o que me perguntei... e estremeci com infelizes pensamentos. Durante um tempo, o medo tomou conta de mim, e eu orei, selvagem e incoerentemente, para que um raio de luz dissipasse a cruel treva que envolvia o mundo.

Quanto tempo esperei, é impossível dizer, mas certamente por um período muito longo. Então, de uma só vez, vi um vulto de luz

---

[11] Uma leitura cuidadosa do manuscrito sugere que, ou o Sol está viajando em uma órbita de grande excentricidade, ou que estava se aproximando da estrela verde em uma órbita cada vez menor. E, nesse momento, eu o concebo como sendo finalmente arrancado de seu curso oblíquo pela atração gravitacional da imensa estrela. (N.E.)

brilhar à frente. Gradualmente, ele se tornou mais nítido. De repente, um raio de um verde vívido brilhou através da escuridão. No mesmo momento, avistei uma fina linha de chama lívida, ao longe na noite. Levou apenas um instante, pareceu, para ela se transformar em um grande coágulo de fogo, sob o qual o mundo se banhou em um resplendor de luz verde-esmeralda. E assim foi crescendo, firmemente, até que por fim toda a estrela verde voltou a aparecer. Mas agora dificilmente poderia ser chamada de estrela, pois aumentara a gigantescas proporções, sendo incomparavelmente maior do que o Sol fora nos tempos antigos.

Ao olhar fixamente, percebi que podia ver a borda do Sol sem vida, brilhando como uma grande Lua crescente. Lentamente, sua superfície iluminada expandiu-se diante de mim, até que metade de seu diâmetro se tornou visível, e a estrela começou a afastar-se à minha direita. O tempo passou, e a Terra avançou, atravessando lentamente a tremenda face do Sol morto[12].

Gradualmente, enquanto a Terra avançava, a estrela foi ainda mais para a direita, quando por fim brilhou na parte de trás da casa, enviando uma inundação de feixes de luz através das paredes esqueléticas. Olhei para o alto e me dei conta de que grande parte do teto desaparecera, permitindo-me ver que os pavimentos superiores estavam ainda mais deteriorados. O terraço, evidentemente, sumira por completo, e eu podia ver o brilho verde da luz estelar cintilando obliquamente.

---

[12] Será notado aqui que a Terra estava "*lentamente* atravessando a tremenda face do sol morto". Nenhuma explicação é dada sobre isso, e devemos concluir que, ou a velocidade do tempo diminuiu, ou então a Terra estava realmente progredindo em sua órbita, a uma velocidade lenta, quando comparada aos padrões existentes. No entanto, um estudo cuidadoso do manuscrito me levou a concluir que a velocidade do tempo vinha diminuindo de modo constante por um período bastante considerável. (N.E.)

O fim do Sistema Solar

Por entre os suportes onde antes eram janelas, através dos quais eu observara aquele primeiro amanhecer fatal, pude ver que o Sol estava imensamente maior do que quando a Estrela iluminara o mundo pela primeira vez. Ele era tão grande que sua borda inferior parecia quase tocar o horizonte distante. Enquanto eu observava, tive a impressão de que se aproximou, e o brilho do verde que iluminava a Terra congelada ficou maior.

Por um longo tempo, assim foram as coisas. Então, de repente, vi que o Sol estava mudando de forma e ficando menor, como fizera a Lua em tempos passados. Em determinado momento, apenas um terço da parte iluminada estava voltado para a Terra. A Estrela se moveu para a esquerda.

Gradualmente, à medida que o mundo se deslocava, a Estrela brilhava em frente à casa, mais uma vez, enquanto o Sol se mostrava apenas como um grande arco de fogo esverdeado. Um instante se passou, e o Sol desaparecera. A Estrela ainda era totalmente visível. Então, a Terra se deslocou para dentro da sombra negra do Sol, e tudo virou noite... noite escura, sem estrelas e intolerável.

Repleto de pensamentos tumultuosos, observei a noite, à espera. Talvez anos se passaram, e, então, na escura casa atrás de mim, a quietude coagulada do mundo foi rompida. Tive a impressão de ouvir pisadas suaves de uma multidão de pés e um sussurro tênue e inarticulado. Olhei em volta, na escuridão, e avistei uma multidão de olhos. Eles aumentaram e pareceram vir na minha direção. Por um instante, fiquei imóvel. Então, um abominável ruído suíno[13] irrompeu na noite, e com isso saltei da janela, lançando-me no mundo congelado. Tenho a vaga lembrança de ter corrido por um tempo. Depois disso, apenas esperei e esperei. Por várias vezes, ouvi gritos, mas sempre como se estivessem a distância. Exceto por esses sons, eu não tinha ideia do paradeiro da casa. O tempo continuou a correr. Eu estava consciente de pouca coisa, salvo as sensações de frio, desesperança e medo.

Uma era se passou e veio um brilho, que anunciava a luz que se aproximava. Ela cresceu, morosamente. Em seguida, com um vulto de glória sobrenatural, o primeiro raio da Estrela Verde surgiu próximo à borda do Sol escuro e iluminou o mundo. Ele incidiu sobre uma grande estrutura em ruínas, a quase duzentos metros de distância. Era a casa. Ao olhar fixamente, tive uma visão assustadora: sobre suas paredes, rastejava uma legião de seres profanos, tantos que quase cobriam a antiga construção, desde as torres à base. Pude vê-los, claramente: eram as Criaturas-porco.

O mundo se moveu em direção à luz da Estrela, e eu vi que, agora, parecia se estender por um quarto dos céus. A glória de sua lívida luz

---

[13] Ver *a primeira nota, Capítulo 18.* (N.E.)

era tão tremenda que parecia encher o céu de chamas tremeluzentes. Então, vi o Sol. Ele estava tão próximo que metade do seu diâmetro estava abaixo do horizonte, e, quando o mundo circundou sua face, ele pareceu se erguer nos céus como um estupendo domo de fogo de cor esmeralda. De tempos em tempos, eu olhava em direção à casa; mas as Criaturas-porco pareciam não se dar conta de minha proximidade.

Os anos pareciam passar lentamente. A Terra havia quase alcançado o centro do disco solar. A luz do Sol Verde, como agora ele deve ser chamado, brilhou através dos interstícios que se abriram entre as paredes destruídas da velha casa, dando-lhes a aparência de estarem envoltas em chamas verdes. As Criaturas-porco ainda rastejavam sobre as paredes.

De repente, elevou-se um bramido de vozes suínas, e, do centro da casa destelhada, despontou uma vasta coluna de chama vermelho--sangue. Vi as pequenas, retorcidas torres se incendiarem, mas ainda preservando suas silhuetas contorcidas. Os raios do Sol Verde bateram na casa e se entrelaçaram com seus brilhos escabrosos, aparentando ser uma fornalha ardente de fogo vermelho e verde.

Fascinado, assisti àquela cena, até que tive uma sensação avassaladora de perigo, que atraiu a minha atenção. Olhei de relance e, de repente, me dei conta de que o Sol estava mais próximo, tão próximo que parecia pender sobre o mundo. Então, não sei como, fui levado a estranhas alturas, flutuando como uma bolha na terrível luminescência.

Bem abaixo de mim, avistei a Terra, com a casa em chamas transformando-se em uma montanha crescente de labaredas ao redor dela. O solo parecia cintilar. Em alguns pontos, pesadas espirais de fumaça amarela subiam do solo. Parecia que o mundo estava se tornando incandescente a partir daquele único ponto de fogo pestilento. Fracamente, pude ver as Criaturas-porco. Elas me pareceram ilesas.

Foi então que o solo cedeu de repente, e a casa, com aquele monte de criaturas abomináveis, desapareceu nas profundezas da Terra, lançando uma estranha nuvem de tonalidade sangrenta aos céus. Lembrei-me do Poço infernal debaixo da casa.

Olhei ao meu redor após um tempo. A opulência do Sol ergueu-se bem acima de mim. A distância entre ele e a Terra rapidamente tornou-se muito menor. Subitamente, a Terra pareceu disparar e, em um instante, atravessou o espaço que a separava do Sol. Não ouvi nenhum som, mas da face dele irrompeu uma língua de chamas deslumbrante. Parecia saltar quase até o distante Sol Verde, espalhando através da luz esmeralda uma catarata de fogo ofuscante. Atingiu o seu limite e afundou-se; e, sobre o Sol, brilhou um vasto salpico de branco incandescente: o túmulo da Terra.

O Sol estava muito próximo de mim agora. Nesse momento, subi mais alto até que, por fim, flutuei por cima dele, no vazio. O Sol Verde era tão grande que a sua amplitude parecia preencher todo o céu, adiante. Olhei para baixo e notei que o Sol passava bem debaixo de mim.

Um ano pode ter transcorrido, ou um século, e eu fiquei ali em suspensão, sozinho. O Sol mostrava-se bem ao longe, uma massa escura, circular, contra o esplendor fundido do grande Orbe Verde. Próximo a uma das bordas, observei que um brilho esplendoroso surgira, marcando o local onde a Terra caíra. Com isso, compreendi que o Sol, há muito morto, ainda estava a girar, embora lentamente.

À minha direita, tive a impressão de, por vezes, notar um leve brilho esbranquiçado. Durante um bom tempo, não sabia se deveria ou não atribuir isso a apenas uma fantasia. Fitei o espaço, com novas dúvidas, até que finalmente descobri não se tratar de uma coisa imaginária, mas sim de uma realidade. Ele se tornou mais brilhante, e surgiu em meio ao verde um globo pálido da mais suave alvura. Ele se aproximou de mim e vi que estava aparentemente rodeado por um manto de nuvens levemente resplandecentes. O tempo passou...

Olhei em direção ao Sol decrescente. Ele agora aparentava ser apenas uma mancha escura diante do Sol Verde, e ia diminuindo enquanto eu observava, de maneira constante, como se estivesse correndo em direção ao orbe superior, a uma velocidade imensa. Contemplei aquela cena. O que aconteceria? Senti emoções extraordinárias ao perceber que ele colidiria com o Sol Verde. Por fim, ficou de um tamanho não maior que o de uma ervilha, e testemunhei, com toda minha alma, o fim definitivo do nosso Sistema, o sistema que sustentara o mundo através de tantas eras, com sua multiplicidade de tristezas e alegrias.

Subitamente, algo cruzou minha visão, ocultando completamente os vestígios do espetáculo que, com profundo interesse, eu contemplava. O que aconteceu com o Sol morto, eu não vi, mas tenho razão, à luz do que vi depois, para acreditar que ele caiu na estranha fogueira do Sol Verde, perecendo.

E então, de repente, um extraordinário questionamento surgiu em minha mente: aquele estupendo globo de fogo verde não seria o vasto Sol Central, o grande Sol ao redor do qual nosso universo e incontáveis outros orbitavam? Fiquei confuso. Pensei no provável fim do Sol morto, e outra possibilidade veio: será que as estrelas mortas fazem do Sol Verde o seu túmulo? A ideia me atraiu, sem parecer grotesca. Pelo contrário, como algo possível e provável.

Os globos celestiais

Por um tempo, muitos pensamentos sobrecarregaram minha mente, a ponto de eu não conseguir fazer nada além de ficar olhando, cegamente, diante de mim. Parecia estar num mar de dúvidas, maravilhamentos e dolorosas lembranças.

Demorou para que eu saísse do meu estado de perplexidade. Vislumbrei tudo em volta, atordoado. Tive uma visão tão extraordinária que, por um momento, mal pude acreditar que ainda não estava envolvido pelo visionário tumulto dos meus pensamentos. Do verde dominante brotara um rio ilimitado de globos cintilantes, cada um deles envolto em um maravilhoso velo de pura nuvem. Eles passavam tanto acima quanto abaixo de mim, a uma distância incalculável; e não apenas ocultaram o brilho do Sol Verde, mas também proporcionaram, em seu lugar, um terno resplendor que se derramou ao meu redor, como eu jamais vira ou viria a ver.

Em pouco tempo, notei que havia em volta dessas esferas uma espécie de transparência, quase como se fossem formadas de um cristal brumoso, dentro do qual cintilava um brilho suave e moderado. Elas seguiram, passando por mim continuamente, flutuando a uma pequena velocidade, como se tivessem a eternidade à frente. Eu as observei por um longo período e não consegui avistar onde terminavam. Por vezes, pensei ter identificado rostos em meio à nebulosidade, mas estranhamente indistintos, como se em parte fossem reais, e em parte formados da bruma através da qual se manifestavam.

Por um longo tempo, esperei passivamente, com uma sensação crescente de contentamento. Eu não tinha mais aquele sentimento indescritível de solidão. Sentia, pelo contrário, que estava menos só do que estivera em tantos kalpas. Essa sensação de contentamento só fez aumentar, e eu teria ficado satisfeito em flutuar com aqueles glóbulos celestes, para sempre.

Eras se foram, e eu passei a ver aqueles rostos vagos com mais frequência e nitidez. Se isso se deveu ao fato de minha alma ter ficado mais sintonizada com seu entorno, não posso dizer, mas provavelmente sim. Seja como for, estou certo agora apenas do fato de que me tornei cada vez mais consciente de um novo mistério, indicando-me que eu tinha, de fato, atravessado a fronteira de alguma região impensável: algum lugar, ou forma, sutil e intangível de existência.

O enorme fluxo de esferas luminosas continuou a passar por mim, a um ritmo invariável… incontáveis milhões delas; e assim continuavam, sem mostrar sinais de terem um fim, nem mesmo de diminuírem.

Enquanto eu era levado, silenciosamente, sobre o éter não flutuante, senti um movimento repentino, irresistível, para frente, em direção a um dos globos que passavam. Um instante, e eu estava ao lado dele.

Em seguida, deslizei para seu interior, sem experimentar resistência de nenhum tipo. Por um momento, nada vi; apenas esperei, curioso.

Logo um som quebrou a inconcebível quietude. Era como o murmúrio de um imenso mar na calmaria – um mar ressonando. Gradualmente, a névoa que obscurecia meus olhos começou a se dissipar, e, com o tempo, minha visão voltou a habitar a superfície silenciosa do Mar do Sono.

Eu mal podia acreditar no que via. Olhei à minha volta. O grande globo de fogo pálido flutuava, como eu já o vira, a uma curta distância acima do horizonte escuro. À minha esquerda, atravessando o mar, avistei uma linha tênue, como de uma fina bruma, que eu imaginei ser a praia onde minha Amada e eu nos encontramos durante aqueles maravilhosos instantes de peregrinações da alma, que me foram concedidos nos meus velhos tempos terrenos.

Outra memória, esta perturbadora, veio até mim: da Coisa Amorfa que assombrara a praia do Mar do Sono. O guardião daquele lugar silencioso, sem ecos. Por esses e outros detalhes, eu tinha certeza de que estava olhando para aquele mesmo mar. E essa convicção veio acompanhada de sensações avassaladoras de surpresa, alegria e nervosa expectativa por conceber que talvez eu estivesse prestes a ver minha Amada uma vez mais. Atentamente, observei tudo em volta, mas não consegui encontrá-la. Senti-me desesperançoso por um tempo. Orei com fervor e continuei a espreitar, ansioso... Como era quieto o mar!

Lá embaixo, bem abaixo de mim, pude ver as muitas trilhas de fogo mutáveis, que outrora chamaram a minha atenção. De maneira vaga, me pus a pensar no que as causara; também recordei que tinha a intenção de perguntar à minha Amada sobre elas, e sobre muitas outras coisas, mas fui obrigado a deixá-la antes mesmo que metade do que eu desejava dizer fosse dita.

Meus pensamentos voltaram de súbito. Senti que algo me tocava, então virei-me rapidamente. Deus, Tu fosses realmente gracioso: era Ela! Ela me fitou com um anseio apaixonado, e eu olhei para ela, com toda a minha alma. Eu gostaria de tê-la abraçado, mas a pureza gloriosa de sua face me manteve longe. Então, da névoa sinuosa, ela estendeu seus adoráveis braços. Seu sussurro chegou até mim, suave como o som de uma nuvem passageira. "Meu amor", disse ela. Isso foi tudo; mas eu ouvi e, por um momento, a tive perto de mim – como orei para que fosse – para sempre.

Pouco depois, ela falou de muitas coisas, e eu escutei. De bom grado, eu o teria feito em todas as futuras eras. Vez ou outra, sussurrei de volta, e meus sussurros trouxeram à sua face espiritual, uma vez mais, um matiz indescritivelmente delicado: a florescência do amor. Depois, consegui falar mais livremente. Ela escutava cada palavra, e respondia encantadoramente; de uma maneira que senti já estar no Paraíso.

Ela e eu; e nada mais, exceto o vazio silencioso e imenso para nos ver; e somente as águas calmas do Mar do Sono para nos ouvir.

Bem antes, a multidão flutuante de esferas envoltas em bruma desaparecera no nada. Assim, olhávamos para a face das profundezas adormecidas, e estávamos sozinhos. Sozinho, ó, Deus, eu seguiria assim sozinho no além e, ainda assim, nunca me sentiria só! Eu a tinha, e, mais que isso, ela tinha a mim. Por eras; e é neste pensamento, e em alguns outros, que eu espero existir através dos poucos anos que ainda restam entre nós.

O Sol Escuro

Por quanto tempo nossas almas permaneceram nos braços da alegria, não sei dizer, mas, subitamente, fui despertado de minha felicidade pela diminuição da pálida e suave luz que iluminava o Mar do Sono. Voltei-me para o enorme orbe branco, com a premonição de um problema iminente. Um de seus lados se curvava para dentro, como se uma sombra convexa o atravessasse. Minha memória voltou. Foi assim que as trevas chegaram antes da nossa última despedida. Voltei-me para o meu Amor, inquisitivamente. Com uma súbita angústia, percebi o quão irreal e pálida ela se tornara, mesmo naquele breve espaço de tempo. Sua voz parecia chegar até mim vinda de muito longe. O toque de suas mãos não era mais do que a suave pressão de um vento de verão, e tornava-se cada vez menos perceptível.

Rapidamente, a metade do imenso globo já estava encoberta. Um sentimento de desespero tomou conta de mim. Ela estaria prestes a me deixar? Ela teria que partir, como antes? Eu a questionei, ansioso, assustado; e ela, aproximando-se de mim, explicou, com aquela voz estranha e distante, que era imperativo partir antes que o Sol de Trevas, como ela o chamou, ocultasse a luz. Diante da confirmação dos meus medos, entrei em desespero e somente pude olhar, mudo, as calmas planícies do mar silencioso.

Quão rapidamente a escuridão se espalhou pela face do Orbe Branco! No entanto, o tempo deve ter sido longo; na realidade, além da compreensão humana.

Por fim, apenas uma crescente de fogo pálido iluminava o agora sombrio Mar do Sono. Durante todo esse tempo, estive nos braços dela, mas com carícias tão suaves que eu mal as sentia. Esperamos ali, juntos, ela e eu sem palavras, tamanha a tristeza. Sob a luz enfraquecida, o rosto dela se mostrava indistinto… misturando-se à umbrosa névoa que nos rodeava.

Então, quando uma fina e curva linha de luz suave era tudo o que iluminava o mar, ela me soltou… afastando-me delicadamente. A voz dela soou em meus ouvidos:

– Eu não posso ficar por mais tempo, meu Amado.

E terminou em soluços.

Ela pareceu flutuar para longe de mim, e então tornou-se invisível. Das sombras, ouvi a voz dela vagamente, parecendo vir de uma grande distância:

– Em breve…

O som se perdeu ao longe. Em um instante, o Mar do Sono escureceu até o cair da noite. À minha esquerda, tive a impressão de avistar, por um breve instante, um suave brilho. Ele então desapareceu, e no mesmo momento tomei consciência de que eu já não estava mais acima do calmo mar, mas sim suspenso no espaço infinito, com o Sol Verde agora eclipsado por uma vasta e escura esfera diante de mim.

Perplexo, eu olhava, quase sem perceber, para o anel de chamas verdes que sobressaía da borda escura. Mesmo no caos de meus pensamentos, fiquei admirado com suas extraordinárias formas. Uma multidão de perguntas me assaltou. Pensei nela uma vez mais. Eu a tinha visto tão recentemente, que sua imagem ainda estava diante de mim. Minha dor e meus pensamentos sobre o futuro tomaram conta de mim. Estaria eu condenado a me separar dela pela eternidade? Mesmo nos velhos tempos na Terra, ela fora minha apenas por um breve momento; e ela me deixou, como eu pensei que seria, para sempre. Desde então, eu apenas a vi nesses tempos, no Mar do Sono.

Fui tomado por um ressentimento feroz e por questionamentos miseráveis: por que eu não pude ir com minha Amada? Qual é a razão para nos manter separados? Por que tive que esperar sozinho, enquanto ela estava adormecida todos aqueles anos no imóvel seio do Mar do Sono? O Mar do Sono! Meus pensamentos desviaram para fora de seu canal de amargura, em direção a novos e desesperados questionamentos. Onde ele estava? Onde ele estava? Eu mal havia acabado de me separar da minha Amada sobre a tranquila superfície desse mar, e ele se foi. Não podia estar muito longe! E o Orbe Branco que eu vira escondido na sombra do Sol de Trevas! Meus olhos pousaram na sombra do Sol Verde eclipsado.

O que o havia eclipsado? Havia uma vasta e morta estrela em torno dele? O Sol Central, como cheguei a nomeá-lo, era uma estrela dupla? A ideia surgiu quase que espontaneamente, mas o que impedia de assim sê-lo?

Meus pensamentos se voltaram para o Orbe Branco. Estranho que isso tenha... parei. De repente, me veio uma ideia. O Orbe Branco e o Sol Verde! Eram eles uma coisa só? Minha imaginação foi ao passado, e eu me lembrei do globo luminoso para o qual fui atraído de maneira tão inexplicável. Era curioso que eu o tivesse esquecido, mesmo que momentaneamente. Onde estavam os outros? Voltei a pensar no globo em que eu entrara. Refleti por um tempo, e as coisas então se tornaram mais claras. Concebi que, ao adentrar aquele impalpável glóbulo, eu havia sido transferido, imediatamente, para alguma dimensão mais distante e, até então, invisível; ali, o Sol Verde ainda era visível, mas na forma de uma estupenda esfera de luz branca e pálida, quase como se seu fantasma aparecesse, não sua parte material.

Durante muito tempo, pensei sobre o assunto. Lembrei-me de como, ao entrar na esfera, eu perdera todo o resto de vista. E durante muito tempo mais, continuei a remoer os diferentes detalhes em minha mente.

Depois disso, meus pensamentos se voltaram para outras coisas. Aproximei-me mais do presente e comecei a olhar ao meu redor com atenção. Pela primeira vez, notei que uma infinidade de raios de tonalidade sutil e violeta atravessava a estranha semiescuridão, em todas as direções. Eles irradiavam da borda ardente do Sol Verde. Pareciam crescer diante da minha visão, e em pouco tempo percebi que eram incontáveis. A noite estava repleta deles, espalhando-se para fora do Sol Verde como um leque. Concluí que conseguia vê-los, pois a glória do Sol estava obscurecida pelo eclipse. Os raios se precipitavam espaço afora e desapareciam.

Gradualmente, enquanto olhava, fui percebendo que pontos finos de luz intensa e brilhante atravessavam os raios. Muitos deles pareciam viajar para longe, saindo do Sol Verde. Outros saíam do vazio em direção ao Sol; mas cada um deles se mantinha estritamente ao raio em que viajava. A velocidade deles era inconcebivelmente alta, e apenas quando se aproximavam do Sol Verde, ou o deixavam, é que eu conseguia identificá-los como manchas luminosas. Ao se afastarem do Sol, tornavam-se finas linhas de fogo vívido dentro do violeta.

A descoberta desses raios e das faíscas em movimento me interessou extraordinariamente. Aonde iam em tamanha profusão? Pensei nos mundos no espaço... E aquelas faíscas! Mensageiros! Possivelmente, a ideia era fantástica, mas não me parecia ser. Mensageiros! Mensageiros do Sol Central!

Uma ideia foi se desenvolvendo lentamente. Seria o Sol Verde a morada de alguma vasta Inteligência? Esse pensamento era desconcertante. Visões do Inefável surgiram, vagamente. Teria eu, de fato, chegado à morada do Eterno? Por um tempo, repeli a ideia. Aquilo era formidável demais. No entanto...

Pensamentos imensos, vagos, nasceram dentro de mim. Eu me senti, de súbito, terrivelmente nu. E uma Proximidade horrível me abalou.

E o Céu...! Seria aquilo uma ilusão?

Minhas reflexões iam e vinham, erraticamente. O Mar do Sono... e ela! Céu... Voltei, com um salto, para o presente. Em alguma parte do vazio atrás de mim surgiu um imenso e escuro corpo – grande e silencioso. Era uma estrela morta que se precipitava em direção ao cemitério de estrelas. Ela passou entre mim e os Sóis Centrais – ocultando-os de minha visão e mergulhando-me em uma noite impenetrável.

Uma era se passou, e eu vi novamente os raios violetas. Muito tempo depois – éons, talvez –, um brilho circular apareceu no céu, adiante, e eu vi a borda da estrela que retrocedia, mostrando-se sombriamente contra ela. Assim, tive certeza de que ela estava se aproximando dos Sóis Centrais. Vi o anel luminoso do Sol Verde brilhar claramente, em contraste com a noite. A estrela adentrou a sombra do Sol Morto. Depois disso, eu apenas esperei. Os estranhos anos foram passando devagar, enquanto eu continuava sempre a observar, atentamente.

E o que eu esperava finalmente aconteceu... de repente, de uma maneira terrível. Um vasto clarão de luz deslumbrante. Uma explosão de chama branca no vazio escuro. Por um tempo indeterminado, elevou-se, formando um gigantesco cogumelo de fogo. Então parou de crescer.

Com o passar do tempo, começou a diminuir, lentamente. Agora, consegui perceber que vinha de um ponto enorme e brilhante perto do centro do Sol Escuro. Poderosas chamas ainda jorravam. No entanto, apesar do seu tamanho, o túmulo da estrela não era maior do que o brilho de Júpiter sobre a face de um oceano, quando comparado à massa inconcebível do Sol Morto.

Devo observar aqui, mais uma vez, que nenhuma palavra jamais conseguirá descrever a enorme massa dos dois Sóis Centrais.

A nebulosa escura

Anos mesclaram-se no passado, séculos, éons. A luz da estrela incandescente afundou em um vermelho furioso.

Mais tarde, avistei a nebulosa escura. A princípio, uma nuvem impalpável ao longe, à minha direita. Ela cresceu de modo constante, até se transformar em um coágulo de escuridão na noite. Por quanto tempo observei é impossível dizer, pois o tempo, tal qual o calculamos, era coisa do passado. Ela se aproximou, uma monstruosidade de escuridão amorfa... tremenda. Parecia deslizar noite adentro, sonolenta... uma névoa infernal. Lentamente, ela se aproximou e passou para o vazio, entre mim e os Sóis Centrais. Era como se uma cortina tivesse sido estendida. Um estranho tremor de medo me assolou, assim como uma nova sensação de maravilhamento.

O verde crepúsculo que reinara por tantos milhões de anos dera lugar a uma escuridão impenetrável. Imóvel, olhei em volta. Um século passara, e pensei avistar ocasionais brilhos de um vermelho opaco passando por mim em intervalos.

Olhei atentamente e tive a impressão de avistar massas circulares de um tom vermelho, lodosas, dentro do nublado breu. Elas pareciam sair da escura nebulosa. Passado um tempo, habituei-me com a visão. Agora pude identificá-las bem – esferas avermelhadas, semelhantes em tamanho aos globos luminosos que eu vira há muito tempo.

Elas flutuavam, passando por mim de maneira contínua. Gradualmente, uma inquietação peculiar me invadiu. Tive um sentimento crescente de repugnância e pavor. Era dirigido àqueles orbes, e parecia originar-se da minha intuição, mais do que qualquer causa ou motivo real.

Alguns dos globos eram mais brilhantes do que outros; e foi de dentro de um deles que um rosto me encarou, de repente. Um rosto humano em seus traços, mas tão torturado pelo sofrimento que, ao fitá-lo, fiquei horrorizado. Jamais imaginei que pudesse haver tanta tristeza como a que vi ali. Experimentei uma sensação adicional de aflição ao perceber que os olhos que tanto brilhavam eram cegos. Segui o globo com meus olhos um pouco mais; ele então passou, adentrando a escuridão. Depois disso, avistei outros mais: todos carregando aquela expressão de tristeza desesperada; e cegos.

Um longo tempo se foi, e eu me dei conta de que estava mais perto dos orbes do que jamais estive. Isso me deixou inquieto; embora agora eu sentisse menos medo daqueles estranhos glóbulos do que antes de ver seus infelizes habitantes, pois a compaixão atenuou meu temor.

Mais tarde, não restou dúvidas de que eu estava sendo levado para mais perto das esferas vermelhas, então, por fim, encontrei-me flutuando entre elas. Após um tempo, percebi que uma delas se aproximava. Não consegui desviar. Em um minuto, foi o que me pareceu, ela já estava sobre mim, e eu submergi em uma espessa névoa vermelha. Quando ela se dissipou, olhei confuso para a imensidão da Planície do Silêncio. A impressão é de que eu a via pela primeira vez. Eu avançava, de maneira constante, através de sua superfície. Longe, brilhava o vasto anel vermelho-sangue[14] que iluminava o local. Por todos os lados, espalhava-se a extraordinária desolação da quietude que tanto me impressionara em minhas peregrinações anteriores através de sua vastidão desértica.

Por fim, avistei, elevando-se na escuridão avermelhada, os picos distantes do imponente anfiteatro de montanhas, onde, séculos atrás, me fora mostrado meu primeiro vislumbre dos terrores que subjazem muitas coisas; e onde, vasta e silenciosa, vigiada por mil deuses mudos, está a réplica dessa casa de mistérios... essa casa que eu vira ser engolida naquele fogo infernal, antes de a Terra beijar o Sol e desaparecer para sempre.

Embora eu pudesse ver as cristas da montanha-anfiteatro, demorou bastante tempo antes que suas partes inferiores se tornassem visíveis. Possivelmente, isso se deveu à estranha e avermelhada bruma que parecia se agarrar à superfície da Planície. No entanto, seja como for, eu as vi finalmente.

Mais um pouco, e eu havia chegado tão perto das montanhas que elas pareciam saltar sobre mim. Vi a grande fenda diante de meus olhos e me desloquei para dentro dela, mesmo sem vontade da minha parte.

Em seguida, alcancei a enorme arena. Ali, a uma distância de cerca de oito quilômetros, estava a Casa, enorme, monstruosa e silenciosa, bem no centro daquele estupendo anfiteatro. Até onde pude ver, ela

---

[14] Sem dúvida, é a massa flamejada do sol Central Morto vista de outra dimensão. (N.E.)

não mudara em nada; parecia que ontem mesmo eu a vira. Ao meu redor, as montanhas sombrias me encaravam severamente, do alto do seu altivo silêncio.

Distante, à minha direita e entre os picos inacessíveis, pairava a enorme silhueta do grande Deus-besta. Mais ao alto, vi a forma hedionda da temida deusa subindo pela escuridão vermelha, milhares de braças acima de mim. À esquerda, avistei o monstruoso Ente-sem-olhos, cinza e impenetrável. Mais adiante, reclinado sobre o alto parapeito, estava a lívida silhueta do Ghoul – uma mancha de matiz sinistro entre as montanhas escuras.

Lentamente, fui me movendo pela grande arena, flutuando. À medida que eu avançava, fui percebendo as formas obscuras de muitos outros Horrores à espreita que povoavam aquelas altitudes supremas.

Gradualmente, aproximei-me da Casa, e meus pensamentos regressaram através do abismo dos anos. Lembrei-me do temível Espectro do Lugar. Pouco tempo depois, vi que estava sendo levado em direção à enorme massa que formava aquela taciturna construção.

A essa altura, tomei consciência, mas indiferente, de uma sensação crescente de entorpecimento. Ela me roubou o medo que, de outro modo, eu teria sentido ao me aproximar daquela fantástica Pilha. Eu a observei calmamente – como um homem que vê a calamidade por entre a nuvem de fumaça do seu tabaco.

Em pouco tempo, eu já havia me aproximado tanto da Casa que pude distinguir muitos de seus detalhes. Quanto mais eu olhava, mais eu confirmava minhas antigas impressões a respeito de toda sua semelhança com esta estranha casa. Exceto pelas enormes proporções, eu não conseguia encontrar nada diferente.

Subitamente, enquanto eu olhava, uma grande sensação de espanto me preencheu. Eu chegara ao lado oposto, onde está situada a porta externa que conduz ao meu escritório. Ali, no meio da soleira, havia uma gigantesca pedra, idêntica, exceto pelo tamanho e pela cor, com a que eu deslocara em minha luta com as Criaturas do Poço.

Flutuei para mais perto, e meu assombro aumentou, pois notei que parte das dobradiças da porta estava quebrada, do mesmo modo como a porta do meu escritório fora forçada para dentro durante os ataques das Criaturas-porco. Aquela visão desencadeou uma torrente de pensamentos, e comecei a identificar, vagamente, que o ataque a esta casa poderia ter um significado muito mais profundo do que eu imaginara até então. Lembrei como, há muito tempo, nos meus velhos dias terrenos, eu suspeitava que, de alguma forma inexplicável, esta casa na qual vivo era *en rapport* – para usar um termo conhecido – com aquela outra tremenda estrutura remota, no meio daquela incomparável Planície.

Agora, porém, me dei conta de que o que eu tinha era apenas uma vaga noção do que a minha suspeita significava. Comecei a compreender, com uma clareza mais que humana, que o ataque que eu repelira estava, de alguma maneira extraordinária, ligado a um ataque contra aquele estranho edifício.

Com uma estranha incongruência, meus pensamentos deixaram abruptamente essa questão de lado para se concentrarem, admirados, no material peculiar do qual a Casa fora construída. Era, como já mencionei, de uma cor verde profunda. No entanto, agora eu estava tão perto que pude perceber que ela às vezes flutuava, embora ligeiramente – iluminando-se e apagando-se, assim como os vapores do fósforo quando tocados no escuro.

Minha atenção então foi desviada quando cheguei à entrada principal. Aqui, pela primeira vez tive medo, pois subitamente as enormes portas se abriram, e eu deslizei por entre elas, involuntariamente.

Lá dentro, tudo era escuridão impalpável. Em um instante, eu havia cruzado a soleira, e as grandes portas se fecharam silenciosamente, trancando-me naquele breu.

Por um tempo, senti como se eu estivesse pendurado, imóvel; suspenso em meio à escuridão. Então, tomei consciência de que estava me movendo novamente; para onde, eu não sabia dizer. De repente, bem abaixo de mim, tive a impressão de ouvir um murmúrio de gargalhada suína. A risada parou, e o silêncio que se seguiu pareceu obstruído pelo horror.

Então, uma porta se abriu em algum lugar adiante; uma névoa branca de luz passou, e eu flutuei lentamente para dentro de um local estranhamente familiar. Ao mesmo tempo, soou um barulho desconcertante, de um grito que me ensurdeceu. Avistei um cenário desfocado de visões, flamejando diante dos meus olhos. Meus sentidos ficaram atordoados, durante um tempo que me pareceu eterno. Então, recobrei minha visão. As sensações de tontura e confusão passaram, e eu pude voltar a ver nitidamente.

Pepper

Eu estava sentado em minha cadeira, de volta a este velho escritório. Meu olhar percorreu o aposento. Por um minuto, ele tinha uma aparência estranha, estremecida, era irreal e insubstancial. Essa impressão desapareceu, e então percebi que nada fora alterado. Olhei para a última janela: a veneziana estava aberta.

Levantei-me, trêmulo. Enquanto o fazia, um leve ruído próximo à porta atraiu minha atenção. Olhei em direção a ela. Por um breve instante, achei que a porta estava sendo fechada suavemente. Fitei-a com atenção e concluí que eu estava equivocado, pois ela parecia estar trancada.

Com muito esforço, fui até a janela e olhei para fora. O Sol nascia bem naquele momento, iluminando o emaranhado dos jardins. Por um minuto, talvez, fiquei ali de pé, observando fixamente. Confuso, passei a mão pela minha testa.

Em meio ao caos de meus sentidos, um pensamento repentino me ocorreu: virei-me rapidamente e chamei por Pepper. Não houve resposta, e caminhei cambaleante pelo cômodo, em um acesso repentino de medo. À medida que eu andava, tentava pronunciar o nome dele, mas meus lábios ficaram dormentes. Cheguei à mesa e inclinei-me em direção a ele, com uma pontada em meu coração. Ele estava deitado na sombra da mesa, e eu não conseguia enxergá-lo nitidamente da janela. Agora, ao me abaixar, prendi minha respiração bruscamente. Não havia Pepper; ali, em seu lugar, o que encontrei foi um amontoado alongado de pó cinzento...

Devo ter permanecido nessa posição meio inclinado por alguns minutos. Fiquei atordoado... estupefato. Pepper tinha mesmo atravessado para o vale das sombras.

Os passos no jardim

Pepper está morto! Mesmo agora, por vezes, tenho dificuldades de aceitar que assim o é. Passaram-se muitas semanas desde que voltei daquela estranha e terrível viagem através do espaço-tempo. Vez ou outra, sonho com isso e revisito, em minha imaginação, todo esse impressionante acontecimento. Quando desperto, os meus pensamentos debruçam-se sobre ele. Aquele Sol… aqueles Sóis, eram de fato os grandes Sóis Centrais em torno dos quais todo o universo de céus desconhecidos gravita? Quem dirá? E os glóbulos brilhantes, flutuando eternamente à luz do Sol Verde! E o Mar do Sono, sobre o qual flutuam! Como tudo isso é inacreditável! Não fosse por Pepper, eu estaria inclinado, mesmo após as muitas coisas extraordinárias que testemunhei, a pensar que não passava de um gigantesco sonho. Depois, há ainda aquela terrível nebulosa escura (com as suas multidões de esferas vermelhas) movendo-se sempre à sombra do Sol

Escuro, que gira em sua estupenda órbita, envolto eternamente em escuridão. E os rostos que me encararam! Deus, será que eles... será que tal coisa realmente existe? Sem contar aquele pequeno monte de cinzas no piso do meu escritório. Ele não será tocado.

Por vezes, quando estou mais calmo, fico pensando no que aconteceu aos planetas externos do Sistema Solar. Ocorreu-me que eles podem ter se desprendido da atração do Sol e se perdido no espaço. Isso é, naturalmente, apenas uma suposição. Há tantas coisas sobre as quais me interrogo!

Agora que estou a escrever, deixe-me registrar a convicção de que algo horrível está por vir. Ontem à noite, aconteceu uma coisa que me preencheu com um terror ainda maior do que o pavor ao Poço. Vou relatá-la agora e, se algo mais acontecer, tentarei anotar imediatamente. Tenho a sensação de que há mais nesse último incidente do que em todos aqueles outros. Estou trêmulo e nervoso, mesmo agora, enquanto escrevo. De algum modo, penso que a morte não está muito longe. Não que eu tema a morte... da forma como ela é compreendida. No entanto, há essa coisa no ar, que me leva ao medo... um horror intangível, frio. Senti-o ontem à noite. Foi assim que aconteceu:

Eu estava aqui, sentado em meu escritório, escrevendo. A porta que conduzia ao jardim estava entreaberta. Vez ou outra, o guizo metálico da corrente do cachorro soava fracamente. Pertence ao cão que eu comprei após a morte de Pepper. Não vou trazê-lo para dentro de casa, não depois de Pepper. Ainda assim, senti que seria melhor ter um por perto. São criaturas maravilhosas.

Eu estava absorto em meu trabalho, e o tempo passou rápido. Subitamente, ouvi um suave ruído do lado de fora, no jardim: pad, pad, pad... era um som furtivo e curioso. Fiquei de pé, em um movimento rápido, e olhei através da porta aberta. Novamente, o barulho veio...

pad, pad, pad. Parecia se aproximar. Com um leve nervosismo, olhei fixamente para os jardins, mas a noite ocultava tudo.

Então, o cão soltou um longo uivo, e eu me assustei. Por um minuto, talvez, observei tudo em volta, atentamente, mas nada ouvi. Depois de um tempo, peguei a caneta, que eu deixara de lado, e recomecei meu trabalho. O meu nervosismo fora embora, pois imaginei que aquele som não fosse nada mais que o cão andando pelo canil, até onde ia a corrente.

Um quarto de hora deve ter passado; então, subitamente, o cão uivou outra vez, e com uma inflexão de tristeza tão aflita que dei um salto, deixando cair minha caneta, que acabou por manchar de tinta a página na qual eu estava trabalhando.

– Maldito cão! – murmurei, ao perceber o que eu tinha feito. No mesmo instante em que disse essas palavras, soou novamente aquele estranho pad, pad, pad. Ele estava terrivelmente próximo à porta, eu pensei. Eu sabia, agora, que não podia ser o cachorro, pois sua corrente não permitiria que ele chegasse tão perto.

O cão rosnou de novo, e eu notei, subconscientemente, um sinal de medo nele.

Lá fora, no parapeito da janela, vi Tip, o gato da minha irmã. Quando olhei, ele saltou e seu rabo se eriçou. Por um instante ele ficou assim, parecendo olhar fixamente para algo na direção da porta. Então, rapidamente ele começou a recuar ao longo do parapeito, até que, alcançando a parede no final, não pôde ir mais longe. Lá então ele ficou, rígido, como se estivesse congelado, em uma atitude de extraordinário terror.

Assustado e intrigado, peguei um bastão que estava em um canto e fui em direção à porta, silenciosamente, levando uma das velas comigo. Já estava a poucos passos dela quando, de repente, uma sensação peculiar de medo correu pelo meu corpo... um pânico palpitante e real; de onde ele vinha, eu não sabia, nem o porquê. Tão grande era o meu sentimento de terror, que não perdi tempo; fui andando para trás e mantendo meu olhar, temeroso, na porta. Eu gostaria muito de ter conseguido me apressar para trancá-la, pois eu a havia consertado e fortalecido, e agora ela estava mais resistente do que nunca. Como Tip, continuei a andar para trás, quase que inconscientemente, até que topei com a parede. Nisso, tive um sobressalto e dei uma olhada em volta, apreensivo. Enquanto o fazia, meus olhos caíram momentaneamente na estante de armas de fogo, e dei um passo em direção a ela; mas parei, com uma premonição curiosa de que seriam desnecessárias. Lá fora, nos jardins, o cão gemia estranhamente.

De repente, o gato soltou um miado feroz, longo. Olhei frenético na direção dele: havia algo luminoso e fantasmagórico circundando-o. Era uma mão brilhante, transparente, com uma chama suave e esverdeada cintilando sobre ela. O gato soltou um último e horrível miado, e eu o vi se transformar em chama e fumaça. Minha respiração ficou ofegante, e eu me escorei na parede. Sobre aquela parte da janela, espalhou-se uma mancha verde. Ela escondeu a coisa de mim, embora o fogo tenha brilhado sobre ela, fracamente. Um cheiro de queimado invadiu o cômodo.

Pad, pad, pad... Algo passou pelo jardim, e um odor fraco e bolorento pareceu entrar pela porta aberta e se misturar com o cheiro de queimado.

O cão ficou em silêncio por um tempo. Então, eu o ouvi soltar um uivo agudo, como se sentisse dor. Depois, ele se aquietou, exceto por um algum ganido ocasional subjugado de medo.

Passou-se um minuto; o portão do lado Oeste dos jardins bateu, distante. Depois disso, nada; nem mesmo o ganido do cão.

Devo ter ficado ali por alguns minutos. Então, um fragmento de coragem entrou em meu coração, e eu corri apressadamente até a porta, fechei-a e tranquei-a. Depois disso, durante meia hora inteira, fiquei sentado sem forças, olhando fixamente.

Pouco a pouco, minha vida voltou para dentro de mim, e comecei a caminhar, trêmulo, subindo em direção ao meu quarto.

A criatura da arena

Naquela manhã, bem cedo, caminhei pelos jardins, mas encontrei tudo como de costume. Perto da porta, examinei o caminho à procura de pegadas; contudo, também não havia nada para me dizer se sonhei ou não na noite anterior.

Foi somente ao ver o cão que descobri uma prova tangível de que algo acontecera. Quando fui ao canil, ele ficou lá dentro, encolhido em um canto, e tive que convencê-lo a sair de lá. Quando finalmente ele consentiu, foi de uma maneira estranhamente acovardada. Enquanto eu o acariciava, minha atenção foi atraída por uma mancha esverdeada em seu flanco esquerdo. Ao examiná-la, descobri que o pelo e a pele aparentemente haviam sido queimados, pois a região estava em carne viva e chamuscada. O formato da marca era curioso, lembrando-me da impressão de uma grande garra ou mão.

Eu me levantei, pensativo. Meu olhar vagueou na direção da janela do escritório. Os raios do Sol nascente incidiam sobre a mancha esfumaçada na parte inferior, fazendo-a flutuar de verde para verme-lho, de uma forma estranha. Ah! Aquela era sem dúvida outra prova; e, de repente, a horrível Criatura que eu vira ontem à noite surgiu em minha mente. Olhei para o cão, de novo. Agora me dei conta do que causou aquela ferida de aspecto odioso nele. Soube também que tudo o que eu vira na noite passada realmente acontecera. E uma grande sensação de desconforto tomou conta de mim. Pepper! Tip! E agora esse pobre animal...! Olhei novamente para o cachorro e notei que ele estava lambendo a ferida.

– Pobre animal! – murmurei, inclinando-me para acariciar a ca-beça dele. E ele se pôs de pé, me farejando e lambendo minha mão, melancolicamente.

Eu então o deixei, pois tinha outros assuntos a tratar.

Após a refeição, fui vê-lo novamente. Ele parecia quieto e relutante em deixar o canil. Por minha irmã, soube que ele recusara toda a co-mida neste dia. Ela pareceu um pouco intrigada quando me contou isso, embora sem suspeitar de nada estranho.

O dia passou sem incidentes. Depois do chá, lá fui eu novamente dar uma olhada no cachorro. Ele parecia irritado e um pouco inquieto, mas persistiu em permanecer no canil. Antes de trancar tudo para passar a noite, afastei o canil da parede, para poder observá-lo da pe-quena janela. Pensei em trazer o cachorro para dentro de casa, mas, após refletir, decidi deixá-lo do lado de fora. Não posso dizer que a casa seja, em nenhum grau, menos temível do que os jardins. Pepper estava na casa, ainda assim...

Agora são duas horas. Desde as oito, tenho observado o canil pela pequena janela lateral em meu escritório. No entanto, nada aconteceu, e estou muito cansado para vigiar por mais tempo. Irei para a cama...

Durante a noite, fiquei inquieto. Isso é incomum para mim, mas, quase chegada a aurora, consegui ter algumas horas de sono.

Levantei-me cedo e, após o café da manhã, visitei o cachorro. Ele estava quieto, mas pouco sociável, e se recusou a deixar o canil. Eu gostaria que houvesse algum veterinário por perto, para consultar o pobre animal. Ele não comeu nada durante todo o dia, mas demonstrou uma evidente vontade de tomar água, ao bebê-la avidamente. Isso me tranquilizou.

A noite chegou, e agora estou em meu escritório. Pretendo seguir o plano de ontem à noite e observar o canil. A porta que dá para o jardim está trancada, em segurança. Fico feliz por haver grades nas janelas...

É noite, já passou da meia-noite. O cão está quieto até agora. Da janela lateral à minha esquerda posso ver, porém sem nitidez, os contornos do canil. Pela primeira vez o cachorro se move, e ouço o barulho de sua corrente. Meus olhos se voltam lá para fora. Enquanto olho fixamente, o cão se move de novo, inquieto, e vejo uma pequena mancha luminosa brilhar dentro do canil. Ela some; então o cão se mexe novamente, e mais uma vez o brilho reaparece. Estou perplexo. Ele está quieto, e eu posso ver a mancha luminosa com clareza. Há algo de familiar em seu formato. Por um momento, fico em dúvida; depois, me ocorre que não é muito diferente dos quatro dedos e do polegar de uma mão. Como uma mão! E lembro-me do contorno daquela ferida terrível no flanco do cão. Deve ser a ferida que eu vejo. É luminosa à noite... por quê? Os minutos passam. Minha mente é tomada por essa nova informação...

De repente, ouço um ruído lá fora, nos jardins. Que nervoso que isso me dá. Está se aproximando. Pad, pad, pad. Uma sensação de formigamento atravessa minha espinha e parece rastejar pelo meu couro cabeludo. O cão se mexe no canil e choraminga, assustado. Ele deve ter se virado, pois agora não consigo mais ver o contorno de sua ferida brilhante.

Os jardins estão silenciosos, mais uma vez, e eu ouço, temeroso. Um minuto se passa, e mais outro; então, ouço novamente o som de pisadas silenciosas. Estão próximas e parecem vir do cascalho do caminho. O barulho é curiosamente medido e deliberado. Ele cessa do outro lado da porta. Levanto-me e fico imóvel. Da porta, vem um leve som... o trinco está sendo lentamente levantado. Um som cantarolado entra em meus ouvidos, e sinto uma pressão sobre a minha cabeça...

O trinco abre com um clique. O barulho me surpreende de novo, vibrando horrivelmente em meus nervos tensos. Depois disso, permaneço por um longo tempo em meio a uma quietude que parece ser eterna. Meus joelhos então começam a tremer, e tenho que sentar-me rapidamente.

Um período incerto se vai, e, pouco a pouco, começo a me livrar do sentimento de terror que me possuíra. Ainda assim, continuo sentado. Parece que perdi a minha capacidade de me movimentar. Sinto-me estranhamente cansado e sonolento. Meus olhos se abrem e se fecham, e nesse momento encontro-me adormecendo e acordando, entre ataques e sobressaltos.

É um pouco mais tarde, e me dei conta, no meu estado sonolento, que uma das velas está derretendo rapidamente. Quando despertei de novo, ela já havia se apagado, e o aposento agora está muito escuro, apenas sob a luz da única chama restante. A semiescuridão pouco me incomoda. Perdi aquela terrível sensação de pavor, e meu único desejo parece ser o de dormir... e dormir.

De repente, embora não tenha havido nenhum ruído, eu desperto por completo. Estou muito consciente da proximidade de algum mistério, de alguma Presença avassaladora. O próprio ar parece transbordante de terror. Eu me sento, encolhido, e apenas ouço atentamente. Mesmo assim, não há som. A própria natureza parece morta. Então, a quietude opressiva é quebrada por um baixo e sobrenatural uivo do vento, que passa em volta da casa e cessa ao longe.

Deixei meu olhar percorrer a sala semi-iluminada. Próxima ao grande relógio no canto mais distante, há uma sombra escura e alta. Por um breve instante, eu fico olhando, assustado. Então, percebo que não é nada e sinto um alívio momentâneo.

No tempo que se segue, um pensamento passa pela minha cabeça: por que não abandonar esta casa, esta casa de mistério e terror? Então, como se em resposta, tenho uma visão do maravilhoso Mar do Sono... o Mar do Sono onde ela e eu pudemos nos encontrar, após os anos de separação e lamento; e então sei que devo permanecer aqui, aconteça o que acontecer.

Pela janela lateral, noto a sombria escuridão da noite. Meu olhar percorre o cômodo, detendo-se sobre um ou outro objeto. Subitamente, eu me viro e olho para a janela à minha direita; ao fazer isso, minha respiração acelera, e me inclino para frente com um olhar assustado em algo que está do lado de fora da janela, mas perto das grades. Estou encarando uma enorme nebulosa cara de porco, sobre a qual flutua uma chama exuberante de tonalidade esverdeada. É a Criatura da arena. De sua boca trêmula parece pingar uma baba contínua e fosforescente. Seus olhos observam o aposento, com uma expressão inescrutável. Nisso, eu me sento rígido... congelado.

A Criatura começou a se mover. Ela está virando lentamente na minha direção. Sua cara está se aproximando de mim. Ela me vê. Dois olhos enormes, desumanamente humanos, encaram-me através da penumbra. Estou gelado de pavor; no entanto, mesmo agora, estou bastante consciente e noto, de um modo irrelevante, que as estrelas distantes são apagadas pelo tamanho daquela cara gigantesca.

Um novo horror me atingiu. Estou levantando de minha cadeira, sem propósito algum. Fico de pé, e algo me impulsiona à porta que leva aos jardins. Desejo parar, mas não posso. Algum poder imutável se opõe à minha vontade, e eu avanço lentamente, sem vontade e resistente. Meu olhar percorre a sala, desamparado, e se detém na janela. A grande cara de porco desapareceu, e ouço mais uma vez aquele furtivo pad, pad, pad. Ele para do lado de fora da porta... a porta para a qual estou sendo compelido...

Seguiu-se um curto e intenso silêncio; depois, um ruído. É o ranger do trinco sendo lentamente levantado. Sou tomado pelo desespero. Não darei mais um passo adiante sequer. Faço um grande esforço para voltar, mas é como se uma parede invisível me impedisse. Deixo escapar um gemido alto, na agonia do meu medo, e o som da minha própria voz é assustador. Novamente vem aquele ranger, e eu tremo, com um suor frio. Eu tento, luto e me esforço para me conter, para *trás*, mas não adianta...

Já estou em frente à porta e, de modo mecânico, vejo minha mão avançar para abrir o trinco mais alto. Tudo isso inteiramente contra a minha vontade. Assim que eu o alcanço, a porta é violentamente sacudida, e eu sinto uma lufada fétida de ar bolorento, que parece entrar pelos interstícios da porta. Puxo o trinco lentamente, enquanto luto internamente contra isso. Ele é aberto com um clique, e eu começo a tremer, febril. Há mais dois: um ao pé da porta; e o outro, maciço, colocado no meio.

Por um minuto, talvez, fiquei de pé, com os braços dependurados frouxamente. A influência que me fazia manipular os trincos da porta parece ter desaparecido. De uma só vez, vem um repentino rangido de ferro dos meus pés. Olho para baixo rapidamente, e percebo com um terror indescritível que meu pé está empurrando para trás o trinco inferior. Uma terrível sensação de impotência me toma de assalto... Ele se abre com um ruído sutil, e eu cambaleio, agarrando-me ao grande trinco central para me apoiar. Um minuto se passa, uma eternidade;

depois outro... Meu Deus, me ajude! Estou sendo forçado a abrir o último trinco. *Isso eu não farei!* Prefiro morrer a abrir para o Terror que está do outro lado da porta. Não há escapatória...? Deus, ajude--me, eu já puxei metade do ferrolho! Meus lábios emitem um rouco grito de horror, o ferrolho já está quase retirado, e minhas mãos inconscientes continuam a trabalhar em favor de minha ruína. Apenas uma fração de aço separa minha alma Daquilo. Por duas vezes, berrei em agonia suprema; então, com um esforço insano, consigo afastar minhas mãos. Não consigo ver. Uma imensa escuridão cai sobre mim. A Natureza vem em meu resgate. Sinto meus joelhos cederem. Há um baque alto, rápido, na porta, e estou caindo, caindo...

Devo ter ficado ali deitado por pelo menos algumas horas. À medida que me recupero, percebo que a outra vela queimara e que o aposento está quase às escuras. Não consigo me levantar, pois estou com frio e sentindo uma terrível cãibra. Mas estou lúcido, e não há mais a tensão daquela profana influência.

Cuidadosamente, fico de joelhos e procuro pelo ferrolho central. Eu o encontro e o recoloco; depois, o que fica na parte de baixo da porta. A essa altura, já consigo me levantar e, assim, trancar o de cima. Depois, fico de joelhos novamente e me arrasto entre a mobília, na direção das escadas. Assim, evito ser observado pela janela.

Chego à porta do lado oposto e, ao sair do escritório, lanço um olhar nervoso por cima do ombro, em direção à janela. Na noite lá fora, tenho a impressão de vislumbrar algo impalpável, mas pode ser apenas uma fantasia. Então, alcanço o corredor e depois as escadas.

Chegando ao meu quarto, subo na cama, vestido como estou, e me cubro. Depois de algum tempo, começo a recuperar um pouco de confiança. É impossível dormir, mas sou grato pelo calor adicional proporcionado pelos cobertores. Agora, tento pensar nos acontecimentos da noite. No entanto, embora eu não consiga dormir, sinto ser inútil tentar ter pensamentos sequenciais. Meu cérebro parece curiosamente em branco.

Pela manhã, começo a ficar agitado, desconfortável. Não consigo descansar e, então, saio da cama e caminho pelo cômodo. O amanhecer invernal começa a se esgueirar pelas janelas, e revela o desconforto nu e cru daquele antigo quarto. Estranho que, durante todos esses anos, nunca me ocorreu o quanto o lugar é realmente sombrio. E assim um tempo se passa.

De algum lugar lá embaixo, vem um som. Vou até a porta do quarto e escuto. É Mary andando pela grande e velha cozinha, preparando o café da manhã. Sinto pouco interesse. Não estou com fome. Meus pensamentos, no entanto, continuam a se deter nela. Quão pouco os estranhos acontecimentos desta casa parecem perturbá-la! Exceto pelo incidente envolvendo as criaturas do Poço, ela aparenta não estar consciente de qualquer coisa fora do comum que tenha ocorrido. Ela é velha, como eu, mas como temos pouco a ver um com o outro! Será por que não temos nada em comum? Ou será apenas por que, sendo velhos, nos importamos menos com o convívio do que com a tranquilidade? Esses e outros assuntos passam pela minha mente enquanto reflito, e ajudam a desviar minha atenção, por um tempo, das lembranças opressivas da noite.

Vou então até a janela e, abrindo-a, olho para fora. O Sol está acima do horizonte, e o ar, embora frio, é suave e fresco. Gradualmente, minha cabeça desanuvia, e uma sensação de segurança me preenche. Um pouco mais contente, desço as escadas e vou até o jardim para dar uma olhada no cão.

Quando me aproximo do canil, sou recebido pelo mesmo fedor mofado que me assaltou à porta ontem à noite. Livrando-me de uma sensação momentânea de medo, chamo o cachorro, mas ele não presta atenção; e depois de chamá-lo mais uma vez, atiro uma pequena pedra para dentro do canil. Com isso ele se move, incomodado, e eu grito o nome dele de novo; mas ele não se aproxima mais. Na mesma hora, minha irmã sai e se junta a mim para tentar convencê-lo a sair do canil.

Em pouco tempo, o pobre animal se levanta e caminha trôpego, dando uns solavancos. Ele fica ao sol, indo de um lado a outro e piscando estupidamente. Noto que aquela ferida horrível está maior, muito maior, e parece ter uma aparência esbranquiçada, fúngica. A minha irmã começa a ir em direção a ele para acariciá-lo, mas eu a impeço e explico que acho melhor não nos aproximarmos muito dele durante alguns dias, pois não sabemos qual é o problema com ele, e é bom ser cauteloso.

Um minuto depois, ela sai. Depois, volta com uma tigela com restos de comida, então a coloco no chão, perto do cão, e a empurro para perto dele, com a ajuda de um galho arrancado de um dos arbustos. No entanto, embora a carne devesse ser algo tentador, ele a ignora e entra no canil. Ainda há água para ele. Assim, após alguns momentos de conversa, voltamos para casa. Posso perceber que a minha irmã está muito intrigada sobre o que acontece com o animal, mas seria uma loucura até mesmo insinuar-lhe a verdade.

O dia passa tranquilamente, e a noite chega. Decidi repetir a minha experiência de ontem à noite. Não posso dizer que seja sábio; contudo, a minha decisão está tomada. Mas tomei precauções: coloquei pregos robustos na parte de trás de cada um dos três ferrolhos que trancam a porta que vai do escritório para os jardins. Isso evitará, pelo menos, que o perigo que corri ontem à noite se repita.

Das dez até cerca das duas e meia observo, mas nada acontece. Por fim, sigo cambaleante de sono para a cama, e não tardo a adormecer.

A mancha luminosa

Desperto de repente. Ainda está escuro. Fico virando na cama, na tentativa de voltar a dormir, mas não consigo. Tenho uma dor de cabeça fraca e, alternadamente, sinto frio e calor. Desisto de tentar dormir e estico a minha mão em busca dos fósforos. Acenderei a minha vela e lerei um pouco; quem sabe, depois de um tempo, eu não consiga dormir? Por alguns momentos, tateio; a minha mão toca na caixa, mas, ao abri-la, assusto-me ao ver uma mancha fosforescente no meio da escuridão. Estendo a minha outra mão e toco-a. Ela está em meu pulso. Com um sentimento de vago alarme, acendo uma vela apressadamente e olho, mas não consigo ver nada, exceto um pequeno arranhão.

–Devaneios! – murmuro, com um suspiro meio aliviado. O fósforo queima o meu dedo, e eu o deixo cair. Enquanto procuro por outro, a mancha volta a brilhar. Percebo então não se tratar de um devaneio. Dessa vez, acendo a vela e examino a região com mais atenção. Há uma leve, esverdeada descoloração em volta do arranhão. Estou intrigado e preocupado. Um pensamento me vem à cabeça. Lembro-me da manhã após o aparecimento da Criatura. Lembro-me de que o cão lambera a minha mão. Era esta, com o arranhão, embora até agora eu não tivesse sequer consciência dele. Um medo terrível me atingiu. Ele rasteja para dentro do meu cérebro... a ferida do cão também brilha à noite. Com uma sensação de atordoamento, sento-me na beirada da cama e tento pensar, mas não consigo. O meu cérebro parece entorpecido com o absoluto horror desse novo medo.

O tempo passa, despercebido. Uma vez desperto, tento me convencer de que estou enganado, mas de nada adianta. No fundo, não tenho dúvidas.

As horas passam, e eu continuo sentado na escuridão e no silêncio, e estremeço desesperadamente...

O dia veio e se foi, e é noite de novo.

Nessa manhã, bem cedo, atirei no cão e o enterrei no matagal. A minha irmã está assustada e com medo, mas eu estou desesperado. Além disso, é melhor assim. Aquela putrefata excrescência já tinha tomado quase todo o flanco esquerdo dele. E quanto a mim... a ferida no meu pulso aumentou de modo perceptível. Por várias vezes, me peguei a murmurar orações... pequenas preces aprendidas quando criança. Deus, Todo-poderoso, ajudai-me! Acho que enlouquecerei.

Já faz seis dias que eu não como nada. É noite. Estou sentado na minha cadeira. Ah, Deus! Será que alguém, alguma vez, sentiu o horror da vida que vim a conhecer? Estou me afogando em terror. Sinto a ardência deste horrendo tumor. Cobriu todo o meu braço e lado direito, e começou a se alastrar pelo meu pescoço. Amanhã, terá me devorado a cara. Eu me tornarei uma terrível massa vivente em decomposição. Não há escapatória. No entanto, tive um pensamento, surgido quando pus meus olhos na estante de armas do outro lado do aposento. Voltei a olhar… com o mais estranho dos sentimentos. O pensamento cresce dentro de mim. Deus, Tu sabes, Tu deves saber, que a morte é melhor; sim, mil vezes melhor do que isto. Isto! Jesus, perdoa-me, mas eu não posso viver assim, não posso, não posso! Não me atrevo! Não há ajuda possível para mim… não me resta nada mais a fazer. Pelo menos, isso me poupará desse horror derradeiro…

Acho que devo estar cochilando. Estou muito fraco, e ah! Sinto-me tão miserável, tão miserável e cansado. Até o barulho do papel ator-menta o meu cérebro. A minha audição me parece sobrenaturalmente sensível. Vou me sentar um pouco e pensar…

Silêncio! Ouço algo… lá embaixo, nos porões. É um som rangente. Meu Deus, o alçapão está sendo aberto. O que pode estar causando isso? O riscar da minha pena me ensurdece… Preciso ouvir… Há passos nas escadas, estranhos passos furtivos, que sobem e se aproxi-mam… Jesus, tenha misericórdia de mim, um homem velho. Alguma coisa se agarra à maçaneta da porta. Ó Deus, ajude-me agora! Jesus… A porta está abrindo lentamente. Alg…

Isso é tudo[15].

---

[15] NOTA – A partir da palavra inacabada pode-se, no manuscrito, traçar uma linha tênue de tinta, o que sugere que a caneta se arrastou sobre o papel, possivelmente, pelo medo e pela fraqueza. (N.E.)

Conclusão

Coloquei o Manuscrito de lado e olhei para Tonnison: ele estava sentado, encarando a escuridão. Esperei um minuto e depois falei.

– Então?

Ele se virou lentamente e me fitou. Seus pensamentos pareciam estar muito distantes.

– Ele estava louco? – perguntei, apontando o manuscrito com um meio aceno de cabeça.

Tonnison olhou para mim, mas como se não me enxergasse. Ele logo voltou a si e, subitamente, compreendeu minha pergunta.

– Não! – respondeu ele.

Cheguei a abrir minha boca para manifestar uma opinião contraditória, pois meu senso de sanidade das coisas não me permitiria levar a história ao pé da letra; mas então eu a fechei, sem nada dizer. De alguma forma, a certeza na voz de Tonnison afetou minhas dúvidas.

Senti-me, ao mesmo tempo, menos seguro, ainda que não estivesse, de modo nenhum, convencido.

Após alguns momentos de silêncio, Tonnison se levantou com firmeza e começou a se despir para dormir. Ele parecia relutante em falar, então eu não disse nada e segui o exemplo dele. Eu estava cansado, embora ainda imerso na história que acabara de ler.

De alguma forma, enquanto me enrolava nos cobertores, me veio à mente uma lembrança dos velhos jardins tal qual nós os tínhamos visto. Lembrei-me do estranho medo que o lugar havia suscitado em nossos corações; e cresceu sobre mim, com convicção, a sensação de que Tonnison tinha razão.

Era muito tarde quando nos levantamos, próximo ao meio-dia, pois a maior parte da noite fora passada lendo o Manuscrito.

Tonnison estava mal-humorado, e eu me sentia para baixo. Era um dia um pouco sombrio, e havia uma brisa gelada no ar. Nenhum de nós falou de sair para pescar. Jantamos e, depois disso, apenas nos sentamos e fumamos em silêncio.

Por fim, Tonnison me pediu o Manuscrito. Eu o entreguei a ele, que passou a maior parte da tarde lendo-o por conta própria.

E foi enquanto ele estava assim empregado que me veio um pensamento:

– O que você me diz de irmos lá dar mais uma olhada…? – perguntei, balançando a cabeça em direção ao riacho.

Tonnison levantou os olhos. – Não – disse ele, abruptamente; e, de alguma forma, fiquei menos irritado do que aliviado com a resposta dele.

Depois disso, eu o deixei sozinho.

Um pouco antes do chá, ele me olhou de uma forma curiosa.

– Desculpe, meu camarada, se fui um pouco rude com você agora (agora! Ele não abrira a boca nas últimas três horas), mas eu não voltaria lá – e ele acenou em direção ao lugar –, não me importa o quanto você me oferecesse! – e deixou de lado a crônica de terror e esperança e desespero de um homem.

Na manhã seguinte, levantamos cedo e fomos nadar, como de costume: tínhamos nos livrado parcialmente da tristeza do dia anterior; então, pegamos nossas varas de pescar quando terminamos o café, e passamos o dia praticando nosso esporte favorito.

Depois daquele dia, desfrutamos ao máximo de nossas férias; embora ambos estivéssemos ansiosos pelo momento em que o carroceiro chegaria, pois queríamos perguntar diretamente a ele e, por meio dele, também saber dos moradores da pequena aldeia, se algum deles poderia nos dar informações sobre aquele estranho jardim situado no coração de uma região quase desconhecida.

Finalmente, chegou o dia combinado para o carroceiro vir nos buscar. Ele apareceu bem cedo, enquanto ainda estávamos deitados; e a primeira coisa que vimos foi ele na abertura da tenda, perguntando se tínhamos tido uma boa pesca. Respondemos que sim. Então, juntos, quase ao mesmo tempo, Tonnison e eu fizemos a pergunta que ocupava nossas mentes: "Por um acaso ele não saberia algo sobre um velho jardim, um grande poço e um lago situados a alguns quilômetros rio abaixo? Teria ele também ouvido falar de uma grande casa por lá?"

Não, ele não sabia. No entanto, uma vez ouvira um rumor sobre uma grande e velha casa solitária naquela região inóspita; mas, se ele bem lembrava, era um lugar encantado, ou, se não era isso, ele estava certo de que havia algo de "estranho" nela. De todo modo, ele já não ouvia nada a respeito há um bom tempo – desde quando era um menino. Não, ele não conseguia se lembrar de nada em particular sobre isso; de fato, ele não sabia que se lembrava de qualquer coisa, "nada, nada", até nós o questionarmos.

– Então – disse Tonnison, percebendo que aquilo era tudo o que ele podia nos dizer –, dê uma volta pela aldeia enquanto nos aprontamos e veja se consegue descobrir alguma coisa.

Com uma saudação indecifrável, o homem partiu em sua missão, enquanto nós nos apressávamos em nos vestirmos. Depois, começamos a preparar o café.

Estávamos prestes a nos sentar para fazer o desjejum quando ele voltou.

– Ainda estão todos na cama, senhor, aqueles malditos preguiçosos – disse ele, repetindo a saudação e olhando apreciativo para todas as coisas boas espalhadas em cima do nosso baú, que usamos como mesa.

– Está bem. Sente-se – respondeu meu amigo – e coma conosco.

E foi o que o homem fez sem demora.

Após o café, Tonnison o mandou novamente para a mesma tarefa, enquanto nos sentamos e fumamos. Ele já estava fora há cerca de três quartos de hora e, quando voltou, ficou evidente que havia descoberto algo. Ao que parece, ele conversou com um antigo morador da aldeia, que provavelmente sabia mais (embora ainda pouco) a respeito da estranha casa do que qualquer outra pessoa viva.

A parte substancial do que ele sabia era: na juventude do "ancião" – e só Deus sabe há quanto tempo foi isso –, havia um casarão no centro dos jardins, onde agora só restavam aquelas ruínas. Essa casa ficara vazia por um longo período; antes mesmo do nascimento do ancião. Era um lugar evitado pelos moradores do vilarejo, assim como fora pelos pais deles. Muitas coisas foram ditas sobre a construção, e todas envolviam o mal. Ninguém se aproximava dali, nem de dia, nem de noite. Na aldeia, era sinônimo de tudo o que é profano e terrível.

E então, certo dia, um homem, um estranho, cavalgara pelo vilarejo, e seguira rio abaixo para A Casa, como sempre fora chamada pelos aldeões. Algumas horas depois, ele cavalgara de volta, pegando a trilha pela qual tinha vindo, em direção a Ardrahan. Durante cerca de três meses, não fora mais visto, mas, ao final desse período, reaparecera; agora, acompanhado por uma mulher idosa, e um grande número de jumentos carregados com vários artigos. Eles passaram pela aldeia, sem parar, e desceram diretamente pela margem do rio, em direção à Casa.

Desde então, ninguém os vira, exceto o homem que eles contrataram para trazer mensalmente, de Ardrahan, os suprimentos necessários. Esse homem, ninguém jamais o induziu a falar; evidentemente, ele fora bem pago pelo trabalho.

Os anos avançaram sem contratempos naquela pequena aldeia; e o homem continuava a fazer suas viagens mensais, regularmente.

Um dia, ele aparecera como de costume, em sua tarefa habitual. Passara pelo vilarejo sem trocar mais do que um aceno de cabeça com os habitantes, e prosseguiu em direção à Casa. Normalmente, já era tardinha quando ele fazia sua viagem de volta. Nessa ocasião, porém, ele voltara à aldeia algumas horas depois, em um extraordinário estado de agitação, trazendo a espantosa informação de que A Casa desaparecera fisicamente, e que um poço estupendo se abrira no lugar onde ela ficava.

Essa notícia, ao que parece, despertou tanto a curiosidade dos aldeões, que eles superaram seus medos e marcharam em massa para o local. Por lá, encontraram tudo exatamente como descrito pelo transportador.

Isso foi tudo o que soubemos. Sobre o autor do manuscrito, quem ele era e de onde veio, nunca saberemos.

Sua identidade está, como ele parece ter desejado, enterrada para sempre.

Nesse mesmo dia, deixamos a solitária aldeia de Kraighten. Nunca estivemos lá desde então.

Por vezes, em meus sonhos, vejo aquele enorme poço, cercado como está, de todos os lados, por árvores e arbustos. E o barulho da água sobe e se mistura – no meu sono – com outros ruídos, mais baixos; enquanto, sobre tudo isso, paira o eterno manto de *spray* de água enevoada.

Pesar[16]

Fome feroz soberana em meu peito, eu não sonhara que todo este mundo,

Na mão de Deus esmagado, poderia produzir

Tamanha essência amarga de desassossego, Tamanha dor como o Lamento que agora se lançou

De seu terrível coração, desselado!

Cada respiração soluçante não é mais que um grito, Meu coração pulsa badaladas de agonia,

E em minha cabeça, só um pensamento há

Que nunca mais na vida eu (Salvo na dor da memorabilia)

Tocarei tua mão, quem agora nada és!

---

[16] Encontrei essas estrofes, escritas a lápis, em uma folha de papel almaço colada atrás de uma das páginas do manuscrito. Todas elas têm a aparência de terem sido escritas em uma data anterior à do manuscrito.

Através do vazio da noite procuro, Tão silenciosamente cla-
mando por ti;
  Mas tu não estás; e o vasto trono da noite
  Uma igreja prodigiosa se tornou
  Com sinos-estrela soando para mim
  Que em todo o espaço sozinho estou!

  Um esfomeado, para a costa rastejo, Talvez algum conforto
ali me espera
  Do coração perpétuo do velho Mar;
  Mas, ouça! De todas as solenes profundezas, vozes distantes
de mistério
  Parecem perguntar por que juntos não podemos ficar!

  Para onde quer que eu vá, sozinho estou, Quem, através de
ti, todo o mundo conquistou.
  Em meu peito, pura dor se instalará
  Pelo que foi, e agora No Branco flutua onde a vida é arre-
messada
  Onde tudo não é, nem de novo será!